Die Kaffeefahrt

. . . und noch mehr lustige und nachdenkliche Episoden

Es begann alles mit diesem Schreibkurs . . .

. . . zu dem ich mich – Mutter von zwei erwachsenen Kindern, geschieden, Sekretärin, die schon damals in der Schule gern Kurzgeschichten geschrieben hat – nun als Hobbyautorin angemeldet hatte.

Erste Aufgabe im Kurs: kleine Geschichten über „Träume" zu schreiben. Ratlose Blicke – über welche Träume sollten wir schreiben? Dann ganz unrealistische Wünsche: wie ein Fisch schwimmen oder ein Vogel fliegen können! Gegenstimmen:

„Nö, im Wasser ist es viel zu kalt und da oben in der Luft – bei Regen und Sturm? Bestimmt kein Vergnügen!"

Beifälliges Gemurmel. Dann Stille – jemand kaut ein bisschen auf dem Kugelschreiber herum, leises Pusten, Flüstern, während Regentropfen leise an die Fensterscheibe klopfen.

Jetzt knarrt ein Stuhl, eine Tasche rutscht von der Lehne, jemand schnäuzt sich laut, und ich vergesse vor Schreck fast den ersten Satz der Geschichte über meinen Traum von der großen Schriftstellerin - der sicher nur ein Traum bleibt. Und doch könnte ich mich glatt in ihm verlieren – diesem Traum!

Ach - ja – ich spüre meinen entrückten Blick, der den Regentropfen an der Fensterscheibe folgt. Sie entschwinden in kleinen Rinnsalen unten im Rahmen, wie auch mein Traum von der Bestsellerautorin, die gerade auf irgendeiner Schönheitsfarm entspannt unter der Sonnenbank liegt – und trotzdem schreibe ich weiter . . .

Jutta Jandt

Jutta Jandt

Die Kaffeefahrt

...und noch mehr lustige und
nachdenkliche Episoden

2014 Jutta Jandt

Herstellung und Verlag:
BoD - Books on Demand, Norderstedt

Alle Rechte liegen beim Autor

Umschlaggestaltung / Grafik / Seitenlayout:
Jutta Peters, Hannover

ISBN: 9783735742391

Die Kaffeefahrt

...und noch mehr lustige und besinnliche Episoden

Ein Blumenkasten unterwegs

Unsere Hauswand war nun endlich isoliert worden, die Balkonbrüstungen und alle Fensterrahmen mit Aluplatten verkleidet. Im Treppenhaus standen schon lange meine beiden Blumentöpfe in friedlicher Eintracht vorm Fenster. Doch sie waren einfach zu schlicht – oder besser gesagt – zu mickrig für das neue *Kleid* unseres Hauses. Somit hatte auch ihre Notwendigkeit ein Ende. Sie mussten weichen, und ich weiß noch nicht mal, wo sie geblieben sind.

Wegen der Überflüssigkeit eines der beiden großen Blumenkästen auf unserem Balkon opferte ich jetzt einen davon für das Treppenhaus. Er machte sich dort wirklich sehr gut, mein Kasten aus Ton - blau hatte ich ihn bemalt – weil ich das verwaschene Naturgrau aus seiner Balkonzeit nicht mehr sehen konnte. Wie ich dann feststellte, hätten die beiden verscheuchten alten Blumentöpfe sicher diese Wirkung nie erzielt.

So wurden sie eben durch oben erwähnten Kasten mit wunderschönen Grünpflanzen ausgetauscht. Er zog wohl auch ganz gern ins Treppenhaus um, der große schwere Kasten. Den traurigen Weg zur Müllkippe wegen des doch schon sichtbaren Platzmangels wollte ich ihm nicht zumuten, dafür war er einfach zu jung, hatte noch sein halbes Leben vor sich.

Fröhlich wurden seine Pflanzen nun einmal in der Woche von mir begossen und mancher, der an ihm vorbei kam, warf hin und wieder einen wohlwollenden Blick in seine Richtung, wie ich schon bemerkt hatte. Somit war seine kleine, heile Blumenkastenwelt wieder in Ordnung. Selbst mein Vermieter konnte sich ein Kompliment nicht verkneifen:

„Frau Haferkamp, ich freue mich jedes Mal, wenn ich hier an

ihrem Blumenkasten vorbei komme – warum machen das nicht alle Mieter auf ihrer eigenen Etage – schade!"

Das hört man doch gerne! Aber gestern, man glaubt es kaum, hatte er sich in die Unsichtbarkeit zurück gezogen – mein Blumenkasten! Erschrocken stellte ich seine Abwesenheit fest. Wie konnte er bloß entschwinden – und wohin? War er doch fast so schwer, wie ein halber Sack Kartoffeln!
Darüber musste ich erst mal sinnieren. Ja, ein Zettel an seiner verlassenen Stelle würde vielleicht etwas Licht ins Dunkel bringen. Also schrieb ich:

Frage an das arme Würstchen, das sich mit meinem Blumenkasten abgeschleppt hat: Kann ich einen neuen platzieren, oder wird dieser ebenfalls an einen unbekannten Ort verbracht?

Diesen Zettel versah ich mit zwei Kästchen für die *Ja-* oder *Nein-*Antwort.
Es dauerte nur eine Nacht, denn schon am nächsten Morgen klingelte meine junge Nachbarin – von über mir – an der Tür, knetete ihre Hände, lächelte verlegen, strich sich eine Haarsträhne aus dem Gesicht und brauchte einige Ansätze, um mir endlich ein Geständnis zu machen. Nämlich, dass ihr Freund, seines Zeichens ziemlich geizig, sich berufen fühlte, sie mit Pflanzen zu beglücken.
Sie hätte gleich einen spitzen Schrei ausgestoßen, als er mit dem schweren Kasten vor der Tür stand und ihn zurecht gewiesen, im Hause auf keinen Fall Blumen zu klauen – und schon gar nicht einen ganzen Kasten, dessen Abwesenheit sofort auffallen würde, erzählte sie mir stockend. Dann trat sie einen Schritt näher und flüsterte mir zu:

„Aber nun ist er ja wieder da! Hab` ihn eben hin gestellt. Man, war der schwer! Wissen sie, ich fand den Typ ja schon lange doof, habe jetzt mit ihm Schluss gemacht.

Was soll ich mit einem, der klaut? Wie würde er wohl dann unsere Kinder erziehen? Ne, den brauch` ich bestimmt nicht – also, seien sie bitte nicht böse, so einer kommt mir sowieso nicht mehr ins Haus!"

Ich pflichte ihr bei und bin natürlich nicht böse, schließlich hat sie meine Lachmuskeln angeregt, der Kasten ist wieder da, und ich hab` nun wieder eine lustige Geschichte beim nächsten Kaffeekränzchen mit den Mädels zu erzählen! . . .

Bloch und Dutschke

Die Hand mit der Pfeife beeindruckt mich auf diesem Gemälde besonders, dem nun bei unserem Seminar-Rundgang meine ganze Aufmerksamkeit gelten soll. Drei Menschen, *Ernst Bloch, Rudi Dutschke* und dessen kleine Tochter - drei Generationen also – in entspannter Haltung auf Leinen, fast ohne Hintergrund.

Ich kann damit nicht viel anfangen. Namen, irgendwo, irgendwann schon mal gehört – doch bald verweht wie Rauchschwaden im Wind, die nun leise zurückkehren, kurz verweilen, um doch wieder zu entschwinden. Aber die Hand mit der Pfeife von diesem Bloch lässt mich nicht so ganz los.

Ich denke an meinen Großvater. Ist es wegen der Pfeife, der Stellung der Hand oder der Ruhe, die sich aus dem Bild zu mir herüber beugt? Er rauchte auch so eine Pfeife, mein Großvater – wenn er abends auf dem Sofa vorm Schwarz-Weiß-Fernseher saß, die Füße auf einem Hocker abgelegt, und die Brille mit dem breiten Gestell seine Nase zierte. Bloch scheint auf eine Antwort Dutschkes zu warten. Erhält er sie? Oder ist das Lächeln Dutschkes schon die Antwort? Gefällt sie Bloch nicht?

Blochs herabhängende Mundwinkel lassen darauf schließen. Vielleicht nutzt er einfach nur das Privileg des Alters, grimmig durch die Gegend zu sehen? Er könnte sich auch kurz vor einem entspannten Schlaf befinden. Vielleicht hat Dutschke den Schlafwunsch Blochs soeben erkannt und amüsiert sich mit diesem Lächeln darüber? Auch ein hoch geistiges Gespräch über die Unzulänglichkeit des Menschen schlechthin könnte Ernst Bloch ermüdet haben.

Dutschke ermüdete dieses Thema vermutlich noch nicht, er ist jung und sicher voller Optimismus. So etwas, wie das Einschlafen mitten in der Unterhaltung, wird ihm vielleicht erst viel später mal passieren. Und zwar nach der Feststellung, dass alles Reden um die Unzulänglichkeit - selbst des Universums – sinnlos ist. Egal, was in den Männern vorgehen mag, das kleine Mädchen lassen diese Erkenntnisse der Beiden anscheinend völlig unberührt. Es hat sich weg geträumt und flüstert die Namen von Zauberwesen aus seinen Märchen vor sich hin . . .

Stammtisch

Mattes Licht, schemenhaft Gestalten in einer Ecke der Gaststätte um einen Tisch versammelt. Dem Stammtisch. Zigarettenrauch nimmt allen die klare Sicht.

Die Musikbox dudelt – wie immer viel zu laut – Lieder, die allen längst bekannt. Von *„Auf der Reeperbahn nachts um halb eins"* bis *"Du hast mich tausendmal betrogen"*. Es ist für jeden etwas dabei. Die Kellnerin hangelt sich durch die Tische, immer darauf bedacht, ihr Tablett unbeschadet zum Bestimmungsort zu bringen. Es riecht nach Bier, Bratwurst und Kaffee – dem Kaffee für *schnell mal zwischendurch*.

Am Tresen meist bekannte Gesichter, manche still vor sich hin dösend, andere bemüht, ein Gespräch zu beginnen. Ein Pärchen am Tisch, tiefe Blicke tauschend – ein Lächeln, ein Streicheln.

Jetzt ist der Stammtisch erreicht, die Biergläser werden verteilt und mit lautem Hallo begrüßt. Wer hat die Runde geschmissen? Peter, der Vorsitzende des Kegelvereins *„Acht und einer"* oder Karl, Torwart bei *Grün-Gelb*? Es war Bruno, der *„Meister für feine Torten"*, wie es groß über der Eingangstür seines Bäckerladens steht. Na gut, die nächste geht an Fritz, der seinen Job verloren hat. Da gibt es viel zu diskutieren. Wie soll es weitergehen?

„Lasst mich man machen, Jungs, ihr werdet euch wundern, wie schnell ich wieder Arbeit habe."

Er wird verstohlen mit skeptischen Blicken bedacht. Danach muss unbedingt die politische Situation geklärt werden, jeder versteht doch was davon. Wenn *sie* zu bestimmen hätten, ja dann – dann ginge es uns allen gut. Verbesserungsvorschläge werden unterbreitet, die keiner so wirklich hören will. Wozu auch?

Nun sind sie beim Sport.

Die Gemüter erhitzen sich – um dann zum Thema Frauen zu gelangen. Sie alle wissen, wie man mit ihnen umgehen muss, damit eine Ehe funktioniert.

Wie gut, dass ihre Worte nicht von den zu Hause gebliebenen *besseren Hälften* gehört werden. Denn dann gäbe es sicher die eine oder andere Korrektur ihrer Ergüsse.

Doch das Wichtigste sei, so verkünden alle solidarisch: Sie nehmen sich die Freiheit, zum Stammtisch zu gehen – denn dort sind sie wer, vorausgesetzt es gelingt, das Wort zu führen, egal, wie belanglos die Kommentare auch sein mögen – Hauptsache laut. Später wird's ruhiger, das Bier tut seine Wirkung. Irgendwann ein letztes Klopfen auf den Tisch – langsam löst sich die Runde auf.

„Dann bis nächsten Freitag, Jungs – da geht dann aber die erste Runde an Heinz", dröhnte Elmar.

Heinz nickt zur Bestätigung. Einer nach dem anderen verlässt mit leicht schwankendem Schritt die Kneipe.

Die Lichter gehen langsam aus – die Tür schließt sich – die Leuchtreklame mit der Aufschrift *Freddys Eck* erlischt – ein tiefer Atemzug in klarer Luft, knirschende Schritte und gemurmelte Worte werden leiser, bis sie ganz verstummen . . .

Die Sicht der Dinge

Vielleicht geben die beiden unterschiedlichen Sichtweisen zur gleichen Situation Auskunft über die Zwiespältigkeit unserer Seele – die ach, in unserer Brust wohnt:

„Heute ist ein Tag, an dem ich lieber nicht aufgestanden wäre: Es regnet, die Arbeit geht mir nicht von der Hand, meine Freunde haben keine Zeit für mich, mein Auto springt nicht an. Wie kann ich an so einem Regentag gut drauf sein? Mit wem soll ich heute Abend mal „auf Piste" gehen? Und ohne Auto, wie komme ich da überhaupt hin? Dazu nur langweilige Filme im Fernsehen! Wäre ich doch im Bett geblieben, ein schrecklicher Tag – dazu noch Kopfschmerzen."

Oder:

„Heute ist ein herrlicher Tag! Endlich Regen, nach tagelanger Hitze! Da wird es mir leicht fallen, ganz viel zu schaffen. Gut, dass meine Freunde heute mal was anderes vorhaben, denn endlich komme ich dazu, die Fotos ins Album zu kleben und längst fällige Mails zu senden, meine Musik-CDs zu sortieren und alle anzurufen, die auf meinen Anruf warten. Ich kann sogar ein bisschen in dem vor Wochen ausgeliehene Buch lesen! Nichts im Fernsehen? Da wird es Zeit, den Abend mal mit einem Besuch bei Petra ausklingen zu lassen, denn vereinbart hatten wir das ja schon länger, zumal sie in der gleichen Straße wohnt. Werde so Einiges erledigen heute, ein super Tag!

Sind sie das, die beiden Seelen – die - ach, in unserer Brust wohnen? . . .

Probelauf

Dann ist da noch die Geschichte um die ersten Pumps unserer Tochter.

Mir selbst war die hohe Kunst des Tragens von Pumps ja schon lange vertraut, im Gegensatz zu unserer zukünftigen Konfirmandin, die in Begleitung ihrer Eltern - also von uns - Proberäufe auf solchen Schuhen jetzt schon mal machte, um beim Gang zur Kirche anlässlich dieser großen Feierlichkeit nicht mit verstauchtem Knöchel ins Krankenhaus zu müssen. Eine Konfirmandin hatte nun mal Pumps zu tragen, meinte sie. Schon wegen der Fotos - und überhaupt. Die Dinger einfach weg zu lassen, ging ja gar nicht!

So schritten wir also einträchtig an einem Samstag den ganzen Weg – von zu Hause bis zur Kirche und wieder zurück – mit diesen Pumps im Probelauf ab. Das heißt, unsere Tochter schritt, wir gingen einfach nur mit.

Der Vater hinter ihr, er wollte die Technik genau beobachten. Na ja, etwas staksig war der Gang schon, leichtes Abknicken fand ab und zu statt, ansonsten war das Ganze noch ausbaufähig. Ich hingegen gab meinem Kind Anweisungen, wie:

„ . . . nicht so große Schritte – die Füße mehr anheben – Schultern gerade – Kopf hoch", und derlei Belehrendes mehr.

Ab und zu ertönte die Warnung unserer Tochter:

„Ne, ich glaube, ich werde diese Dinger nie im Leben anziehen, selbst, wenn ich nicht konfirmiert werde!"

Da hatte sie also zu früh „gedröhnt", dass es ohne Pumps überhaupt nicht ginge.

Wir versuchten, sie geduldig auf die Folgen dieser Weigerung aufmerksam zu machen: Was bedeutet es, als unkonfirmiertes Mädchen durchs Leben zu laufen? Wie würde der Pastor das finden? Was für ein tristes Brautkleid müsste sie später wohl tragen? Denn mit „Ganz in Weiß" wäre es dann wohl nichts.

Wie würde ihr zukünftiger Ehemann das finden? Würde er sie dann überhaupt noch heiraten wollen? Und ihre zukünftigen Kinder? Dachte sie gar nicht an die? War es nicht ihre heilige Pflicht, mit allen Konsequenzen für deren christliche Erziehung zu sorgen? Geht das mit einer unkonfirmierten Mutter überhaupt?

Mit Aussicht auf diese dramatischen Folgen fügte sie sich dann doch ergeben in ihr Schicksal, stöckelte fleißig den Rest der Woche durch die Wohnung, wobei ich ihr die Kratzer im Fußboden verzieh – schließlich ging es um die Zukunft unseres Kindes!

Besagter Tag kam endlich, und unsere Tochter betrat mit Schwung und erhobenem Haupt die Kirche, als würde sie in ihrem Alltag nie etwas anderes tragen, als diese verdammten Pumps. Wir waren stolz auf sie!

Es wurde später noch eine wunderschöne Feier, und selbst ihr erstes, offizielles Tänzchen mit dem Papa ging glatt über die nicht vorhandene Bühne – mit diesen Pumps.

Erst viele Stunden später begannen besagte Pumps der Hauptperson dann doch etwas zu drücken, wobei sie diese dann heimlich gegen die geliebten Ballerinas austauschte . . .

Die Kaffeefahrt

Warum habe ich mich bloß darauf eingelassen? Nur weil man mir laut Gewinnbenachrichtigung ohne *Wenn und Aber* ein Fahrrad auf dieser Verkaufsfahrt versprochen hatte? Meine Freundin Marita kam natürlich mit. Sie kam immer gern mit, *wenn irgendwo was los war*. An besagtem Morgen standen wir also leicht fröstelnd um neun Uhr an der Haltestelle und trafen dort noch andere Reiseteilnehmer.

„Fahren sie auch mit dem Bus nach Bienenbüttel?", fragte uns ein ebenfalls bibberndes Paar.

„Ja, meine Freundin hat ein Fahrrad gewonnen!", verkündete Marita stolz.

„Wieso ihre Freundin??? Ich habe doch das Fahrrad gewonnen", staunte die nette blonde Dame mittleren Alters.

„Was – sie auch?", staunte dann ich.

So begannen wir bereits jetzt den zweiten Fuß auf den berühmten Leim zu setzen, auf den wir dem Veranstalter gehen sollten. Also doch mal wieder eine so genannte Kaffeefahrt! Sah anfangs gar nicht so aus. Aber so nicht – nicht mit mir! Dachte ich still vor mich hin. Keinen Cent bekommen die von mir, die Betrüger!

Wir zwangen uns zu einem Lachen, alle am Bus stehenden Fahrradgewinner – denn wir waren deren nun schon einige, wie wir längst erfahren hatten. Na, das würde ja heiter werden, vermutete ich richtig.
Etwas verspätet fuhren wir mit gemischten Gefühlen und dem Bus los.

Die Taktik, uns stundenlang durch die Botanik zu fahren, um dann auf einem uns völlig unbekannten, noch kleineren Dorf — weit abgelegen von besagtem kleinen Ort Bienenbüttel - zu landen, wohl damit wir nicht so leicht *entwischen* können, war klar erkennbar.

Um mich nicht mit meinem unangenehmen Bauchgefühl auseinander setzen zu müssen, plauderte ich entspannt mit Marita — oder tat zumindest so, als wäre ich entspannt.

Nach etwa zwei Stunden kamen wir am Zielort an. Wie vermutet lag ein etwas verfallener Gasthof vor uns. Man bat uns, auszusteigen. Gespannt purzelten wir fast aus dem Bus — jeder wollte der Erste am Mittagstisch sein — und schritten dann murmelnd in den großen Speisesaal, einer Bundeswehrkantine gleich, nahmen einen Platz ein und harrten der Dinge, die da kommen sollten.

Eine mit Häubchen versehene immer noch verschlafene Küchenhilfe — sie hatte wohl die letzte Nacht zum Tag gemacht — fuhr langsam einen Wagen mit spärlichem Mittagessen ans uns heran und begann sofort mit der Verteilung.

Die Gesichter wurden teilweise immer länger, besonders meines, denn an Vegetarier war natürlich nicht gedacht worden. So nahm ich aus Verzweiflung zwei Kartoffeln und drei Rosenköhlchen aus den Schüsseln und begann, nachdem auch Marita ein schuhsohlenartiges Kotelett auf ihrem Teller hatte, mit langem Gesicht mein karges Mahl zu verzehren.

Irgendwann wurde die *Tafel* von selbiger Küchenhilfe wieder abgedeckt, und wir bekamen noch jeder ein Kerzchen, ein Schokoherzchen und dazu ein Kaffeelöffelchen mit Schleifchen als Geschenkchen. Sollte man jetzt gerührt sein und:

„Oh, wie niedlich!" ausrufen?

Passierte aber nicht. Nur das allgemeine, leise Gemurmel war verstummt und der *Verkaufskünstler* begann mit einem Räuspern seinen „beschwörenden" Vortrag.

18

Dieser Herr Jürgen Sowieso langweilte uns doch tatsächlich fünf Stunden mit Gewäsch und uralten Witzen!! Dabei fixierte er alle fünf Minuten einen anderen der Gäste, warf jedes Mal seine spärliche Haarpracht nach hinten und verkündete uns Weisheiten über Gesundheit, von denen es sicher keine gab, die nicht schon längst jedem bekannt war.

Danach schilderte er in den buntesten Farben die Folgen eines Bandscheibenvorfalls, der so nie passiert wäre, hätten Leute mit Verstand, wie die hier anwesenden, sich des angebotenen Bettes bedient. Natürlich konnten wir alle von dessen Existenz noch nichts wissen – ja, und deshalb stünde er ja nun *endlich* hier, um uns vor dem totalen Zerfall unserer Bandscheibe zu retten!

Der Gute! Da ich nicht von seinem durchbohrenden Blick erfasst werden wollte, ließ ich mich von Maritas Rücken abdecken. Schon deshalb, weil meine Bandscheibe in Ordnung ist.

Nun wurde er ganz wild, gestikulierte heftig herum, erhob die Stimme und zog mit Schwung ein Leinentuch vom darunter versteckten Bett. Man konnte es nicht glauben, aber fast alle hauchten ein ehrfürchtiges *Ah* und *Oh* in seine Richtung. Das Fehlen meines *Ahs* fiel gar nicht weiter auf. Dann folgte eine hitzige Diskussion an unserer Tafel:

„Meine Mutter hat auch so ein Ding – und sie ist begeistert!"

„Unsere Tante hat neulich so ein Teil zum Geburtstag bekommen, und sie freut sich heute noch!"

Solche und ähnliche Ergüsse wurden uns noch eine ganze Weile zugeflüstert. Waren das *gekaufte* Gäste? Da kam sie uns auch schon Stück für Stück entgegen – die Liste zum Eintrag eines Kaufs. Viele hatten sich bereits darauf verewigt. Marita sah mich zweifelnd an, strich nachdenklich ihren roten Rock glatt, räusperte sich.

„Gib` sie einfach weiter!" zischte ich ihr leise zu.

Ein strenger Blick des *Meisters der Verkaufskünste* traf mich nach Maritas Aktion. Ich sah betont gleichgültig aus dem Fenster. Doch so leicht sollte ich ihm nicht entkommen:

„Sie da, sie sind mir die Richtige – erst die tollen Geschenke *einsacken* und dann zu geizig, ein so großartiges Angebot - wie dieses hier - zu schätzen!"

Natürlich gingen jetzt alle Köpfe in meine Richtung – wenn auch mit etwas Verunsicherung im Blick. Welche tollen Geschenke? Das Kerzchen und der andere „Tütelkram" - Dinge, die nicht unbedingt auf meiner Einkaufsliste stehen! Ich werde sie wohl später irgendwie an einen Besucher zu Hause loswerden. Doch was sollte ich darauf antworten? Am besten gar nichts.
Ich grinste nur ironisch und sah ihm dabei endlich voll ins Gesicht, so lange, bis er sich abwendete. Triumphierend ging mein Blick weiter in die Runde. Dabei hatte ich nicht das Gefühl, irgendeinen der Gäste, außer Marita, auf meiner Seite zu haben. Gut - da musste ich durch.
Als er nun wusste, dass ich das tolle Bett samt Zubehör für eintausendvierhundert Euro nicht kaufen wollte, hatte es der nette Herr dann so richtig auf mich abgesehen und konnte nicht umhin, circa alle zehn Minuten die anderen Gäste darauf aufmerksam zu machen, dass ich mich weigerte, diese Summe auszugeben.
Ich hätte angeblich nur auf das fürstliche Mittagessen gewartet, Geschenke *eingesackt* und und alles umsonst haben wollen, dazu wäre ich noch geizig – und hätte deshalb lieber zu Hause bleiben sollen, wenn ich denn über diese Summe noch nicht mal verfügte.
Mitleidige Blicke und Gemurmel der Anderen verfolgten mich.
Allerdings hat dieser Herr dann letztendlich sein Versprechen - uns beiden, denn Marita hatte er auch nicht gerade lieb - je fünf Euro zu schenken, weil wir doch so geizig wären - nicht eingehalten!

Auch von einem gewonnenen Fahrrad war natürlich nicht eine Sekunde während dieser ganztägigen Zumutung mehr die Rede! Sicher hatten die ganz vergessen, weshalb wir alle hier waren. Leider wurden sie auch von keinem darauf aufmerksam gemacht. Und ich wollte mich dann doch nicht noch weiter unbeliebt machen und seine Fantasie an Beleidigungen nicht überstrapazieren!

Das Schönste an dem Tag war, dass wir endlich gegen zwanzig Uhr zu Hause eintrafen, um diese Reise nun möglichst schnell zu vergessen – auch weil es mir peinlich ist, dämlich genug gewesen zu sein, an *so was* teilgenommen zu haben – aber ich tröstete mich damit, das alles nur für Marita getan zu haben, denn sie lässt sich nicht ganz so gern allein auf den Arm nehmen . . .

Nie wieder zum Amt!

Marita hat heute noch Albträume, wenn sie an eine gewisse Person denkt: Frau Brammel vom Amt! Sie hatte nämlich ihren kleinen Nebenjob - zusätzlich zu ihrem Halbtagsjob – verloren, musste nun dieses Minus in der Haushaltskasse irgendwie auffüllen und fand längere Zeit – aufgrund üblicher Zipperlein – nichts Passendes, bis sie die Suche genervt aufgab.

Wie Marita bald feststellte, ist es keine besonders lustige Angelegenheit irgendwie behördlich Zuwendungen zu beantragen - auch wenn man sie eigentlich schon im Laufe seines Arbeitslebens teils vorab eingezahlt hatte. Leider wird das durch besagte Dame, jene Frau Brammel und dem Heer der lebenswichtigen Paragraphen völlig vergessen. Na ja, woher sollen die das auch wissen, zahlen ja selbst nichts in die Sozialkassen ein. Sich dem Kampf zu stellen und ihn auch noch zu gewinnen - ist daher nur mit unendlicher Geduld und herablassendem Grinsen über jedes Behördenschreiben zu bewältigen.

Nicht so Marita – in etwas vorgerücktem Alter und noch ziemlich fit – doch seit jeher zur Dramatik neigend – reagierte sie theatralisch im stillen Kämmerlein auf jede schriftliche Zurechtweisung der Dame, indem sie sich mit geschwellter Brust entrüstete oder in einem Meer von Tränen des Selbstmitleids versank. Zum wiederholten Mal wetterte sie:

„Eine Unverschämtheit, was man sich hier gefallen lassen muss von Leuten, die nur leben können, weil es uns mit unseren Problemen gibt – und dann selbst nichts einzahlen in die Sozialkassen, das sind mir die Richtigen. Julia, wir haben einfach den falschen Job!"

Wo se Recht hat – hat` se Recht!

Da halfen auch meine guten Ratschläge wie: *In der Ruhe liegt die Kraft*, oder: *Wer ist schon Frau Brammel, sicher eine total frustrierte unbemannte Ziege* – überhaupt nichts. Also unterließ ich es schon bald, sie auf diese Art aufmuntern zu wollen. Dabei begann alles ganz harmlos:
Ich gab ihr vor einigen Wochen den Tipp, als sie mir vom Verlust ihres Jobs bei einem Junggesellen - der nun keiner mehr ist, und sie somit überflüssig wurde – erzählte, eine kleine Zuwendung vom Amt zu beantragen. Hatte es doch bei zwei ihrer besten Freundinnen auch geklappt. Flugs und voller Hoffnung besorgte sie sich die erforderlichen Anträge. Kurz darauf stand sie ratlos mit ihren unausgefüllten Unterlagen vor mir:

„Sag` mal Julia, können wir das nicht mal zusammen machen, du hast ja den Computer".

Ja, so ist man immer in der Pflicht, wenn man Besitzer eines solchen Gerätes ist. Ich war natürlich sofort dazu bereit, stritt mich nämlich nicht gerade ungern mit Behörden herum! Hatte da bereits selbst so meine Erfahrungen gemacht. Also füllten wir erst mal den Antrag Punkt für Punkt brav aus, gaben die erforderlichen und gescannten Unterlagen dazu – und ab die Post!
Das war der Anfang von Maritas monatelangem Dauerstress! Denn ab diesem Zeitpunkt gab es für sie nun kein anderes Thema mehr.
Kurz darauf erhielt sie die Antwort *Ihrer Hoheit* vom Amt, dieser Frau Brammel: Man möge doch die benötigten Unterlagen im Original vorlegen! Aha . . . Diese wollte Marita jedoch nicht aus der Hand geben.

„Ne, die schicke ich da nicht hin, wer weiß, ob ich sie dann wieder kriege, ne, das mache ich nicht!"

„Du könntest sie der Dame auch persönlich nur zur Einsicht hinbringen, Marita", riet ich ihr.

„Also, das schon gar nicht, was weiß ich, was die dann noch will, und ich bin doch immer so nervös, keine Ahnung, was ich dann sage!" erklärte sie mir.

Das war ein Argument, welches ich wirklich sehr gut nachvollziehen konnte.

„Beantworte doch einfach nur die Fragen deiner neuen Freundin vom Amt", riet ich ihr trotzdem grinsend.

„Sag` das nie wieder - *Freundin*! Aber weiß` ich denn, was die da sagt in ihrem Beamtendeutsch, und ob ich dann falsche Angaben mache? Könnte ja sein, dass ich die Fragen gar nicht verstehe, weil ich so durcheinander bin! Ne, ne, da gehe ich bestimmt nicht hin!"

Tja, wo sie Recht hatte, da hatte sie eben Recht – sag` ich doch. Wusste man ja schließlich, welch geschraubter, verstaubter Formulierungen sich in derlei Gemäuern bedient wurde! Was blieb ihr sonst noch?

Da kam sie auf die Idee, einen kompetenten Jugendfreund in ihrem Auftrag mit Vollmacht und den verlangten Unterlagen im Original dorthin zu entsenden.

Er war sofort bereit - und sollte schon in den nächsten Tagen dort vorsprechen, natürlich nach telefonischer Absprache mit Madame Brammel. Nein, natürlich nicht einfach so. Da könnte ja jeder kommen! Kurzfristig bekam er dann tatsächlich einen Termin!

Nachdem Marita ihn mit tiradenreichen Befürchtungen gehen ließ, hatte sie glatt an besagtem Vormittag nichts anderes zu tun, als auf seine Rückkehr zu warten, indem sie ein Tässchen Kaffee nach dem anderen schlürfte und zwischen Fenster und Sofa unermüdlich hin und her lief.

Endlich! Nach Stunden klingelte es, und Kurt stand vor der Tür. Fröhlich verkündete er, alles geregelt und seinen ganzen Charme versprüht zu haben. Sie würde in Kürze den endgültigen Bescheid erhalten – ohne noch weitere Unterlagen einreichen zu müssen. Marita lächelte leicht säuerlich wegen seines *versprühten Charmes* und murmelte ein *typisch Mann* vor sich hin – schwärmte sie doch nach so vielen Jahren immer noch für ihn. Leider hatte er es vermutlich bis heute nicht bemerkt – und sich damals anders entschieden.

Doch somit war wenigstens der zweite Schritt getan - dachten wir. Allerdings hielt die Freude nicht lange an. Denn bald darauf wollte man doch noch weitere – für uns eigentlich völlig unwichtige – Unterlagen, diesmal in Kopie haben, die Marita ebenfalls bereitwillig zusandte. Es ließ ihr trotzdem keine Ruhe, weil sie dem ganzen Behördenverein nicht mehr traute, und so suchte sie zwischenzeitlich noch eine Beratungsstelle für derlei Fälle auf.

Ja, da war man nett zu ihr, verstand sie völlig und bedauerte sie gebührend. Doch auch hier bestätigte man ihr nur, bis hierher selbst alles korrekt geregelt zu haben und riet ihr, den Mut nicht zu verlieren. Sollte sie nichts erreichen, wäre man gern bereit, sie erneut zu empfangen. Den Eurobetrag für diese nette Anhörung nannte man ihr dann auch gleich.

Um ganz sicher zu gehen, lud sie ihre beiden Freundinnen, die mit den bereits bewilligten Bescheiden, zu einem Kaffee mit Sahnetorte ein. Zu dritt wurden dann Maritas Formulare studiert. Einhelliges Urteil der beiden Damen:

„Marita, bei dir stimmt alles, anders haben wir es auch nicht gemacht. Aber erste erfolglose Versuche gehören nun mal zur Antragsstellung – kennen wir auch. Wusstest du das nicht? Sonst könnte man ja die Wichtigkeit der dort beschäftigten Damen gar nicht erkennen!"

Mir hatte sie das ja nicht geglaubt. Ja, und irgendwann war Maritas großer Tag: Sie bekam den Bescheid über die Zuwendung – allerdings entsprach die dort aufgeführte ziemlich bescheidene

25

Höhe nicht im Geringsten dem, was wir gemeinsam, in Anlehnung an die Bewilligungsbescheide ihrer Freundinnen, in etwa errechnet hatten. Mit erstickter Stimme teilte sie mir dieses Unglück am Telefon mit. Mein Vorschlag:

„Sende deine eigene Rechnungsaufstellung hin, dann wirst du sehen, dass auch unsere Beamten, trotz täglichen unermüdlichen Fleißes – neben dem Spazierenführen ihres Handtuchs und der Teekanne über den Flur – sich verrechnen können. Denn dass sie vermutlich längst arbeitslos und somit eine von uns wären, würden wir sie nicht mit unseren Anträgen beschäftigen, scheinen die dabei zu vergessen".

So ermutigt, stand sie aufgeregt noch am gleichen Abend mit ihrem undurchsichtigen Bescheid vor meiner Tür.

„Du weißt, wie ich zu Zahlen stehe, also mach` du dich jetzt mal dran!"

Das war ein Angebot! Endlich konnte ich mich auf diesem Gebiet mal wieder so richtig austoben und begann sogleich, meinen Küchentisch in ein formularmäßiges Schlachtfeld zu verwandeln. Marita rückte ihre Brille zurecht und verfolgte jede meiner Handbewegungen, während ich fleißig den Kugelschreiber betätigte und buchhalterisch mit Hilfe eines Taschenrechners herum rechnete.
Dann setzte ich mich an den PC und schrieb mit flinken Fingern die ersten empörten Sätze an jene Dame, natürlich in Maritas Namen. Wir feilten nach dem Ergebnis noch stundenlang daran herum, es sollte die schließlich beeindrucken und einen gewissen Durchblick unsererseits vermitteln – dieses Schreiben.
Wieder eilte Marita am nächsten Tag zum Briefkasten, um den Stress versprechenden Brief mit zitternder Hand in den hungrigen Schlitz zu werfen.
Und wieder verbrachte sie eine unruhige Nacht mit unzähligen

Wanderungen durch ihr trautes Heim – natürlich auch wieder unter Tränen darüber, dass man ihr – der armen Frau – so übel mitspiele. In ihrem Albtraum später sah sie sich über lange Flure eilen, an jede Tür klopfen, um ihren Brief loszuwerden.

Doch keiner hatte Mitleid mit ihr, jeder der korrekten Beamten wies sie mit ausgestrecktem Arm, grimmiger Miene und dem Hinweis ab, dass sie schließlich keinen Termin hätte, bis sie endlich erschöpft auf den Treppenstufen des Gemäuers sitzend sanft entschlummerte – den Brief immer noch in der Hand, der dann aber sanft zu Boden glitt – in ihrem Traum.

Sie rief mich natürlich gleich in der Frühe an, um mir davon zu berichten. Dabei gähnte sie unaufhörlich – kein Wunder, wenn man die ganze Nacht durch fremde Flure geistert! Ja, und nun konnte sie nur noch abwarten.

Jedoch nicht lange, denn schon bald fand sie auf dem Weg zum Supermarkt eine Nachricht im Briefkasten! Die kommende Nacht sollte möglichst traumlos verlaufen, deshalb hatte sie an den Kauf eines kleinen Fläschchens Wein gedacht. Den Brief ließ sie, nach kurzem Blick auf den Absender, sofort im Einkaufsbeutel verschwinden, um ihn erst einmal zu ignorieren.

Abends stand sie dann mit Wein und Behördenbrief stumm vor meiner Tür – um mit mir zu eventuellen schreibtechnischen Taten zu schreiten. Ja, die nette Frau Brammel machte ihr diesmal den Vorschlag, den Antrag doch lieber wieder zurück zu nehmen und weiterhin Wohngeld zu beantragen. Denn es könne durchaus passieren, dass sie andernfalls aus ihrer Wohnung ausziehen müsse! Und das wolle sie doch sicher nicht, oder?

Marita – erleichtert diesem harten Schicksalsschlag, Frau Brammels unverständliche Schreiben noch weiter ertragen zu müssen – gab sich mit allem zufrieden. Auf meine ungläubige Frage, ob sie sich das auch genau überlegt hätte, schluchzte sie nur, es einfach nicht mehr durchstehen zu können. Unter Murren setzte ich ihr dann betreffendes Verzichtsschreiben auf, mit der Erklärung an diese Person, den Stress ihrerseits nicht länger aushalten zu können, und sie aus diesem Grund die Dame vom Amt nicht weiter für sich beschäftigen würde.

Doch die gute Brammel, vermutlich aus Angst vor irgendwelchen hausinternen Konsequenzen durch ihren Chef oder eine spätere Beschwerde von Marita an höherer Stelle, bat im nächsten Schreiben, doch lieber davon Abstand zu nehmen und informierte Marita so nebenbei davon, dass sich durch das Computer-Programm tatsächlich ein Fehler eingeschlichen habe, und ihre finanzielle Beihilfe nun etwas höher ausfallen würde. Natürlich, war der Computer daran schuld, wer denn sonst? Er konnte ja nicht dementieren, der arme Blechkasten. Dass die in den Ämtern aber auch immer so anfällige PCs haben!

Doch dafür werde man allerdings vorab erst eine Wohnungsbesichtigung vornehmen müssen, um alles korrekt berechnen zu können, damit eventuell nicht doch noch ein Umzug für Marita in eine billigere Wohnung ins Haus stehen würde.

Außerdem müsse man sich ja schließlich davon überzeugen, dass die Größe ihrer Wohnung und die Miethöhe mit den kopierten Belegen des Vermieters überein stimmten, und es ihr in der Wohnung auch gut ginge.

Zweifelte diese Person jetzt auch noch die Richtigkeit des Mietvertrages an? Oder sollte man wirklich glauben, dass denen Maritas Wohl am Herzen liegt? Das konnte selbst Marita nicht glauben!

Nun war sie wirklich fassungslos! Und natürlich mussten wir auf diese Hiobsbotschaft erst wieder ein Fläschchen Wein vernichten, um dabei Pläne für die Verzögerung des penetranten Kontrollbesuches zu machen. Irgendwann war die Flasche leer und der Plan ausgebrütet:

Marita würde erst mal die angebliche Einladung ihrer Tochter nach Rosenheim annehmen, da sie dermaßen mit den Nerven fertig wäre, und sich psychisch bei ihrer Gaby beruhigen müsse.

28

Genau das schrieben wir ans Amt, um die Besichtigung etwas hinaus zu zögern, damit sich Maritas Nervenkostüm etwas erholen könne.

Doch irgendwann war es dann nach ihrer angeblichen Rückreise soweit: Zwei Damen in dezentem Outfit erschienen eines Tages nach Absprache bei ihr. Sie sahen sich interessiert um, nahmen alle Räume unter die Lupe, machten sich Notizen, blickten hinter die eine oder andere Gardine, hüstelten vor sich hin, stellten dumme Fragen und warfen sich vielsagende Blicke zu, die Marita leicht aggressiv machten.

Nach einer halben Stunde verabschiedeten sie sich, nachdem auch sie ein Tässchen Kaffee nicht abgelehnt und Marita noch nebenbei kostensparendes Heizen erklärt hatten – milde lächelnd, wie man es auch von den Damen der Zeugen einer gewissen Sekte kennt. Kurz danach rief Marita mich dann ziemlich erleichtert an, erzählte den genauen Hergang und hoffte nun weiter.

Wenige Tage später bestätigte man ihr schriftlich – endlich, endlich – dass sie nicht ausziehen müsse, ihre Zuwendung tatsächlich höher ausfiele als gedacht, sie aber jede persönliche Änderung sofort an das Amt melden müsse – SONST ...

Nachdem Marita sich über diese übliche Beamtendrohung mit dem „Sonst-Satz" wieder beruhigt hatte, konnte sie sich endlich zurücklehnen. Ab sofort machte ihr der Briefträger keine Angst mehr, und ein Klingeln an der Haustür versetzt sie auch nicht mehr in Schrecken – bis zum nächsten Jahr, wenn der Antrag erneut gestellt werden muss. Vielleicht hatte sie ja bis dahin sogar das unverschämte Glück, dass jene Dame aus unerklärlichem Grund längst in die Ablage versetzt ist!

In Vorfreude darauf wurde am Abend diesmal ein Fläschchen Sekt geöffnet und ihre Akte, die mit dem Schriftwechsel jener Frau Brammel, ganz weit hinten im rustikalen Eichenschrank versteckt ...

26. Februar

Ein altes Foto, losgelöst aus einem verstaubten Album. Ich drehte es um. Hinten steht in wunderschöner Schrift: *Sonntag, 26. Februar*.

Wer mag es geschrieben haben? Ich sicher nicht, das hätte ich bestimmt erkannt. Auf dem Bild halte ich eine Puppe im Arm, wir betrachten sie mit einem Lächeln. Wieso haben wir keine Jacken an? Es ist ja immerhin erst Februar.

Wir, das bin ich und meine Freundin Gerda als Schulmädchen. Wir haben beide lange Zöpfe – Gerdas hingen ihr lang über die Schultern, meine liegen jedoch als *Krone* oben auf dem Kopf festgesteckt. Ich erinnerte mich, sie später abgeschnitten zu haben und jahrelang bei jedem Aufräumen auf sie gestoßen zu sein. Sie wurden immer staubiger und aufgelöster in ihrer blinden Plastiktüte. Dann waren sie plötzlich nicht mehr da. Wer mag sie wohl weggeworfen haben? Ich selbst? Vielleicht.

Gerda – ob sie sich noch an mich erinnert? Ich dachte manchmal an sie. Das Bild wurde im Garten ihrer Eltern aufgenommen. Wir wohnten nicht sehr lange in diesem Dorf bei Schleswig, und zwar im Haus gegenüber. Erinnerungen steigen wie aus einem Nebel in mir auf:

Ich besuchte damals die alte Dorfschule. Die ersten vier Klassen wurden dort gemeinsam von einem Lehrer und in einem Raum unterrichtet. Auch an ihn erinnerte ich mich: Herrn Krause, streng, gesetzt mit schwarzem Anzug, Glatze und Fliege.

Die erste und einzige Ohrfeige meines Lebens bekam ich von ihm, bei der sich sämtliche Finger seiner Hand auf meiner geröteten Wange, vermischt mit Kreidespuren, wieder fanden. Dabei hatte ich nur eine Divisionsaufgabe an der Wandtafel so gelöst, dass sie nicht aufging.

Womit Lehrer Krause gar nicht einverstanden war. Ich war so fassungslos darüber, dass mir diese Ohrfeige mein Leben lang in Erinnerung blieb.

Und dann Gerda. Bei ihr zu spielen, machte damals großen Spaß. Wir durften manchmal auf den Boden des Hauses krabbeln, mussten dazu die enge Holztreppe hinaufsteigen, bauten dort Höhlen, richteten mit Kartons und verwaschenen Deckchen ein kleines Zimmer ein. Die blinde winzige Fensterscheibe mit den Spinnweben rings herum ließ nur einen trüben Blick nach draußen zu.

Dort oben lagen alte Bücher, ein schmutziger Teddy mit abgerissenem Ohr, Oblaten aus einem Steckalbum, bunte Tücher und alte Bilder. Wir entdeckten jedes Mal etwas Neues und konnten Stunden da oben verbringen, auf diesem warmen, nach Staub und Holz riechenden Boden, von dem aus alles, was unten passierte, nur dumpf zu uns herauf drang, nachdem wir die Luke geschlossen hatten. Irgendwann rief Gerdas Mutter dann:

„Was ist los Kinder, wollt ihr nicht zum Essen kommen? Der Kartoffelbrei wird schon langsam kalt!"

Ich legte das Bild lose zurück ins Album, klappte es zu und setzte mich mit meiner Tasse an den Computer, um meine kleine Geschichte mit dem Titel *26. Februar* zu schreiben. Doch wurde mein Kaffee langsam kalt dabei . . .

Der alte Mann und Sowa

Es war ein merkwürdiges Bild, dieses - in altes Zeitungspapier gewickelte - Erbstück aus dem Nachlass einer Nachbarin, mit dem sie mich vermutlich beglücken oder auch ärgern wollte. Dabei war ich immer nett zu ihr, wenn auch meine Musik sicher manchmal ein bisschen zu fremd und laut für ihre Ohren war. Wahrscheinlich hätte sie beim Klang von Heimatliedern ein Auge zugedrückt, doch die kann ich nun mal nicht ausstehen.

Ich hängte das Bild zur näheren Betrachtung erst einmal auf den Flur. Irgendwie konnte ich mit ihm nichts anfangen. War es geheimnisvoll, schnurrig, genial oder einfach nur die Folge davon, dass der Maler *Sowa* sich nicht schlüssig war, was er malen wollte?

Ein komisches Gemälde! Warum sollte ein Schwein einen alten Mann in einer einsamen Gegend im Kinderwagen hinter sich herziehen - und dazu noch mitten in der Nacht? Wieso hatte der eine Flasche mit unbekanntem Inhalt im Arm? Vermutlich war es irgendein Fusel. Vielleicht hatte gar das Schwein dem alten Mann die Flasche zu Füßen gerollt, um ihn betrunken zu machen?

Als das funktionierte - der Alte schon bald fröhliche Trinklieder vor sich hin lallte und sich dann in den wahllos in der Gegend herumstehenden Kinderwagen fallen ließ, um dort ein Nickerchen zu machen - sah das Schwein seine Chance kommen:

Es schlüpfte in den vom Kinderwagen herunter hängenden Gürtel – irgendjemand schien ihn dort vergessen zu haben – um sich jetzt vielleicht damit selbst vor den Wagen zu spannen. Vermutlich will es nun auch den alten Mann – vielleicht ist er der Bauer, auf dessen Hof das Schwein lebt – ganz weit weg bringen, um das geplante Schlachtfest platzen zu lassen.

Denn es könnte ja noch viel vorhaben, das Schwein – ich nenne es einfach mal Paul – von einer Familienplanung ganz abgesehen.

Paul würde sicher danach seine Frau, die Sau – vielleicht heißt sie Vicky – vom Hof des alten Mannes holen, um mit ihr beim nächsten Bauern ein nettes Plätzchen zum Grunzen – und noch ganz viel mehr – zu suchen.

Es werden ja nicht alle Landwirte nur ans Schlachten denken, sagt es sich und läuft nun fröhlich mit dem Kinderwagen hinter sich und dem alten, betrunkenen Mann darin durch das nächtliche Wäldchen. So könnte es gewesen sein. Für mich war es jetzt einfach mal so. Was Herr Sowa sich dabei gedacht hat, ist mir egal. Ich werde es sicher nie erfahren.

Eigentlich ist es doch ein recht nettes Bild, wenn man sich Mühe gibt. Ich könnte es meinem cholerischen Chef zum Firmenjubiläum schenken. Das Beste wird sein, ich sehe schon mal auf dem Flohmarkt nach einem passenden Rahmen, natürlich mit Goldrand und Schnörkeln . . .

Über die Zeit

Von einem gewissen Alter an werden die Tragödien, die sich unter den Menschen abspielen, durch den Wettkampf mit der Zeit verschlimmert. Unlösbar dann.
aus „Camus Tagebuch"

Anfangs bemerken wir sie gar nicht – die Zeit. Wir benutzen sie, als hätte sie kein Ende. Irgendwann erinnert uns der Spiegel daran, dass es *so* nicht ist – sie hat doch ein Ende. Erst wollen wir es nicht wissen, ignorieren unser Spiegelbild – bald geht auch das nicht mehr.

Gnadenlos zwingt es uns, die Spuren der Zeit endlich zu realisieren. Fehlt uns immer noch diese Erkenntnis, dann helfen uns die anderen dabei, nicht dem Glauben zu verfallen, wir würden uns abheben von allen, jung bleiben, die Zeit vergessen können.

Alles, was wir noch tun wollen, müssen wir sofort und jetzt tun. Das Leben gleicht einer Schlittenfahrt, bei der das Tempo immer schneller wird, unseren Blick verschleiert, nicht mehr erkennbar, was wirklich wichtig ist, was wir eigentlich wollten.

Doch wir haben genug Zeit zu erkennen, was Glück für uns bedeutet, wen und was wir wirklich im Leben brauchen - wen und was wir nicht versäumen dürfen, um nichts bereuen zu müssen.

Alles bestimmt sie, die Zeit. Sie läuft uns davon – die Zeit, wir müssen uns beeilen. Eigentlich sind selbst Tragödien keine mehr, wenn die Zeit sie erstickt hat . . .

Mary Hunter

Mary traute ihren Augen nicht: Wie konnte dieser Potter nur so leichtsinnig sein und das Diebesgut am hellen Tag einfach so in seinen Lieferwagen verfrachten? Die Wertgegenstände, genau die, welche man ihm angeblich aus seiner Wohnung entwendet hatte! Zwei teure, antike Standuhren und ein wertvolles Gemälde, von dessen Maler sie den Namen vergessen hatte. Und man hatte ihm das auch noch geglaubt, als er den Fall meldete! Nun sollte die Versicherung *ImmerBereit* zahlen, die ihren Chef beauftragt hatte, den Fall zu verfolgen.

Sie hatte schon gleich so ein komisches Gefühl, und wollte es nun genau wissen. Mary kam langsam hinter der Hecke hervor und war fast ebenso leichtsinnig wie Potter, indem sie lässig an ihm vorbei schlenderte.

Schließlich wusste sie nicht, ob er sie neulich in der Edel-Pinte „*Ahoi*" erkannt hatte, als sie ein Feierabend-Bierchen mit Kollegen trank, und sie ganz zufällig kurz mit ihm ins Gespräch kamen, wobei er von seinem wertvollen Gemälde von ... schwärmte. Doch er beachtete sie jetzt nicht, schnaufte nur leise vor sich hin. Sie warf ihre Umhängetasche lässig über die Schulter, kam langsam wieder zurück, sah jetzt seine Mühe, den ominösen Sack im hinteren Teil des Wagens unter großen Anstrengungen mit einer Plane abzudecken.

Sie würde den Fall bald zu Ende bringen, Fakten liefern – schließlich war sie eine gute Detektivin, machte ihrem Chef, dem Inhaber von *Quick Argus,* alle Ehre. Mary zog ihren Hut mit der breiten Krempe tiefer ins Gesicht, stellte ihren Kragen hoch und marschierte erneut an Potter vorbei, notierte seine Autonummer und verschwand danach wieder hinter diesem Gebüsch. Mit vor Kälte klammen Händen fingerte sie nervös nach ihrem Handy, schließlich war bereits November, wählte die Nummer von *Quick Argus*, hörte die Stimme ihres Chefs und flüsterte:

„Hier spricht Mary - Boss, wir haben ihn ...".

Sie gab die Autonummer durch, erklärte den Sachverhalt und fuhr wieder ins Büro. Den Rest erledigte der Boss mit Bruno, ihrem Kollegen. Abends erzählte sie den Männern in ihrer Stamm-Pinte, wie sie auch diesen Job mal eben klargemacht habe:

„Jungs, stell` euch vor, mein Boss hatte mal wieder einen fetten Auftrag, diesmal von der *ImmerBereit*, eine der bekanntesten Versicherung schlechthin, falls ihr die nicht kennt.
Natürlich gab der Boss mir den Auftrag, schließlich weiß er, was er an mir hat. ,Mary', hat er gesagt, ,Mary, das ist mal wieder ein Fall für dich, Mädchen, bist doch unsere Beste – oder so ähnlich'. Aber das weiß ich ja auch selbst".

Mary sah in die Runde, zwinkerte Jonas mit einem Auge zu.

„Egal, ich hockte nun hinter dieser Hecke und die abgebrühte Socke von einem Versicherungsbetrüger stand nur dreißig Schritte von mir entfernt. Was glaubte der, würde er mich entdeckt haben, wer hier in der Botanik hockte? Irgend so eine *Spannerin*? Aber der würde noch sein *blaues Wunder* erleben!
Nach einigen Minuten schlich ich hinter dem Grünzeug hervor, schlenderte lässig an ihm vorbei, sah den schnaufenden Schwitzer, wie er gerade das Diebesgut – in einem verschnürten Sack – in seinen Lieferwagen legte. Und das mitten am Tag! Ich kannte kein *Pardon* und lief nun extra noch mal an ihm und seinem Tun vorbei, mein Mantelkragen und mein komischer Hut trafen sich ungefähr in Nasenhöhe".

Sie strich sich durch das kurze Blondhaar.

„Ich denke, ihr habt ungefähr eine Vorstellung davon Jungs,

was ich meine. Er konnte mich also nicht erkennen, der Betrüger. Meinen Notizblock gezückt schrieb ich seine Kfz.-Nummer auf, rief den Boss an. Dann zog ich cool meine Pistole, stand plötzlich vor ihm und wartete so mit dem zitternden Potter gemeinsam auf die Polizei".

Jonas und die anderen hatten ihr die ganze Zeit wie gebannt gelauscht. Unterbrochen von ihren leisen:

„Oha - man oh man - alle Achtung!"

vergaßen sie sogar, sich das nächste Bier zu bestellen. Denn alle bekamen große Ohren bei sooo einer Geschichte!
Es musste ja niemand wissen, was der Leser längst weiß: Eine Pistole und Polizei war nie im Spiel . . .

Déjà-vu?

War ich jemals hier? Vertraute Bilder steigen wie Nebelschwaden in mir auf, ich glaubte - zu erkennen. Doch manches ist mir fremd – völlig fremd. Wie lange war ich nicht hier? Wie weit zurück reicht Erinnerung? Ein *Déjà-vu*? Gleiches Bild, gleicher Ort – ein anderes Leben?

Das alte Haus – von mir sofort erkannt als *Goldener Hahn* – unsere Schänke am Marktplatz – irgendwann – irgendwo. Nun klappernde Fensterläden, morsche Türen, vom Regen verwaschene Mauern. Vorsichtige Schritte, neugieriger Blick durch blinde Scheiben. Stille – ich öffne die quietschende Tür, trete ein, bleibe erstaunt und zögernd stehen.

Jetzt Musik, Gelächter, Pfeifenrauch! Niemand beachtet mich. Einer tanzt allein, nimmt plötzlich meine Hand, wir wirbeln über knarrende Dielen, lachen, nehmen uns ein Glas vom süffigen Portwein, trinken uns zu, reden, singen die alten Lieder von damals – mein Herz schlägt höher, unsere Blicke treffen sich, als würden wir uns erkennen – doch lässt er mich plötzlich stehen – verschwindet in der Tiefe der Schankstube. Niemand sieht zu mir.

Ich gehe hinaus, schließe leise die Tür, die Musik wird leiser, auch das Gelächter – ich mache ein paar Schritte, drehe mich um.

Klappernde Fensterläden, morsche Türen, Stille, Dunkelheit – eine Spinne hat ihre silbernen Fäden quer über die Tür gesponnen – aber wann – doch nur ein Traum?. . .

Warten

Wieso ruft sie nicht an? Dabei hatte sie es versprochen! Ein Blick zum Telefon, nichts – es bleibt stumm. Seine unruhigen Schritte durch die ganze Wohnung machen ihn schon selbst nervös. Eigentlich müsste er einige Besorgungen machen. Aber doch nicht jetzt? Was ist, wenn sie gerade in diesem Moment anruft? So wichtig sind die Erledigungen ja nun auch wieder nicht.

Ja, er ist jetzt ganz sicher: Auch er wird sich, als militanter Handy-Gegner, doch endlich ein solches zulegen müssen, um ständig für *Sie* erreichbar zu sein – er wird es einfach tun! Obwohl ihn seine Mitmenschen ständig mit ihren verschiedenen Klingeltönen nerven, und ihn das fast umbringt – er wird es tun – wild und entschlossen!

Ein Kaffee würde ihm jetzt gut tun. Mit forschem Schritt und etwas zu schrill pfeifend geht er in die Küche und macht sich dort zu schaffen. Die Kaffeemaschine gibt ein brodelndes Geräusch von sich.

War da nicht ein Klingeln? Tatsächlich! Doch nur an der Haustür. Er öffnet. Sein Nachbar, Herr Brösel von gegenüber, steht draußen. Ob er ihm wohl ein paar Filtertüten borgen könne?

Hatte der keine anderen Probleme? Wie konnte dieser Mann ihn gerade jetzt mit so einer banalen Frage belästigen! Sieht der Egoist gar nicht, dass er auf *ihren* Anruf wartet?

Er beeilt sich, die Filtertüten aus der Küche zu holen, um nicht noch in ein Gespräch verwickelt zu werden. Doch den Lärm gestern von dem jungen Ehepaar über ihnen und – dass Frau Krause die Treppe mal wieder nicht gewischt hatte – hat er dennoch bestätigt – aber nur, um nicht noch in eine Diskussion verwickelt zu werden.

Wobei es ihm allerdings doch schwerfiel, sich zu erinnern, wer

Frau Krause denn nun eigentlich war – die aus dem ersten Stock mit dem kleinen Hund oder dem zweiten, die immer hinter der Gardine steht? Egal – o. k., die Treppe war schmuddelig. Na endlich – die Tür ist wieder zu. Irgendwie ist der Kaffee bitter. Da – das Telefon!

„Ja, hallo? – Neeiin, ich möchte keine Tageszeitung abonnieren!"

Enttäuschung malt sich in sein Gesicht. Musik – ja – die würde ihm das Warten erleichtern. Auch das noch – muss ausgerechnet *ihr* Lied ertönen? Dieses mit dem – *wir werden uns nie trennen, my Darling, niemals* – im Text.

Sein enttäuschter Gesichtsausdruck verwandelt sich in einen melancholischen. War das ein Abend damals! Sie hatten die halbe Nacht bei Schummerlicht getanzt in dieser kleinen Bar, und er hatte ihr ins Ohr gemurmelt, dass dieser Song nun immer ihr Lied sein soll. Er sah ihre zarte Stupsnase – die Locke, die sich ständig über ihre Wange kringelte, ihre blauen Augen, die kleine Stirnfalte, die erschien, sobald sie etwas nicht verstand und ihr süßes, leicht spöttisches Lächeln – vor sich. Das war zu viel!

Ein Knopfdruck – die Musik ist aus – ein zweiter – der Fernseher läuft. Er setzt sich in seinen Lieblingssessel, schlägt die Beine übereinander, wippt leicht mit dem Fuß und starrt auf den Bildschirm, ohne das Programm – irgendeinen Bericht über Ferien in Oberbayern – wahrzunehmen.

Sie würde ihn doch nicht vergessen haben? Sollte *er* sie vielleicht anrufen? Aber warum sollte er? Sie hatte ihm doch den nächsten Anruf versprochen! Was würde sie denken? Wenn überhaupt, wird er es morgen tun. Hatte ihr eigentlich neulich der Typ beim Sommerfest gefallen? Es schien, als würden sie sich schon länger kennen.

Wollte der sich nicht mal bei ihr melden? Sie müsste doch jetzt schon längst zu Hause sein!

Meinte sie es eigentlich wirklich so, als sie ihm sagte, er würde ihr sehr viel bedeuten?

Warum ruft sie dann nicht an? – 21 Uhr! Hatte der Typ vielleicht die Frechheit besessen und sie vom Geschäft abgeholt? Na, ja, sie muss selbst wissen, was sie tut. Mit ihm kann sie jedenfalls nicht spielen. Das wird er ihr sagen – gleich, wenn sie anruft – 22 Uhr! Nach seinem Gefühl läuft bereits eine zweite Sendung, es scheint sich da um Tischlerarbeiten im Mittelalter zu handeln – oder immer noch dieser Ferienbericht aus Oberbayern? Wieso macht sie das mit ihm? Erneutes Klingeln! Er stürzt zum Telefon, stolpert fast über die Schnur.

„Hallo Mutter, wieso rufst du jetzt an? – Ja, ich komme morgen vorbei – nein, ich werde die Brötchen nicht vergessen."

Völlig erschöpft sinkt er in seinen Sessel. Der Abend ist gelaufen. Da – es klingelt erneut. Am besten, er geht überhaupt nicht mehr an den Apparat. Schnell eine Zigarette.

„Ja, hallo? Ach, duuu bist's! Das ist ja eine Überraschung! Bin gerade drin – wie geht's denn so? Heute habe ich überhaupt nicht mit deinem Anruf gerechnet, Mausi . . ."

Die Strafe

Manchmal erinnere ich mich noch an meine Schulzeit und einen fast ganz normalen Unterricht. Es war acht Uhr und unser Lehrer erschien mit glatt gescheiteltem Haar auf die Minute – wie immer. Wir Schüler bevorzugten für unser Erscheinen die Minuten davor. Als sich die Tür öffnete, standen wir alle wie ferngesteuert auf und begrüßten ihn mit einem chorgleichen:

„Guten Morgen, Herr Gilbert!"

Gleich danach ging`s an die Hausaufgaben. Jeder holte eifrig sein Heft mit den Mathe-Ergebnissen aus dem Ranzen unter dem gestrengen Blick von *Gilbi*, wie wir ihn heimlich nannten.
Nur einer legte sein Heft nicht vor sich hin, sein Gesicht lief rot an, ängstlich sah er nach vorn und direkt in Gilbis Augen. Der fixierte ihn mit bohrendem Blick und fragte dann genüsslich:

„Na Dieter, hast du nichts getan?"

Mein Mitschüler stotterte:

„Ja – nein, ich musste meiner Mutter den ganzen Tag helfen auf die Kleinen aufzupassen, weil sie doch große Wäsche hatte - und hab` dann die Aufgaben nicht mehr gemacht, weil ich so müde war."

„So, so, der junge Mann war also müde. Dann komm` mal schnell nach vorn, das macht munter!"

Der Junge stand langsam auf und schlich sich mühsam und voller Angst nach vorn. Der Herr Pädagoge zog den Rohrstock – von allen gefürchtet – hinterm Schrank hervor.

Mit einem bellenden:

„Bück` dich!" durchdrang seine Stimme die Stille.

Wir folgten gebannt - voller Angst und Mitgefühl – und doch ein bisschen froh, nicht selbst da vorn zu stehen - der Szene. Um das Ganze noch zu übertreffen, zog unser Lehrer nun die kurze Hose seines Opfers stramm – gleich darauf pfiff der Rohrstock über die Rückseite von Dieter, und Gilbi zählte der Ordnung halber mit:

„Eins – zwei!"

Dann zupfte Lehrer Gilbert seine Kragen zurecht und strich sich übers Haar. Dieter durfte sich wieder setzten und schlich leise weinend auf seinen Platz.
So ging`s damals ungehorsamen Knaben in unserer Klasse. Wer würde der Nächste sein? Zum Glück war ich bloß ein Mädchen, die bekamen ja nur Ohrfeigen . . .

Milly

Nein, das verstand sie nicht. Warum nahm die Polizei ihre Aussage nicht ernst? Karli war verschwunden, es musste ihn jemand entführt haben! Warum dachten die Beamten, Karli hätte sie verlassen? Sie kannte ihn schließlich am besten und wusste genau, was er tun würde, und was nicht. Eine Unverschämtheit, ihm so etwas zuzutrauen!

Denn noch letzte Woche hatte er ihr vorgeschlagen, mal wieder gemeinsam in den Harz zu fahren. Und jetzt? Jetzt war er einfach weg. Sie weinte still vor sich hin, schnupfte in ihr Taschentuch. Warum sollte er freiwillig verschwunden sein? Einer, der mit ihr in den Harz fahren wollte! Milly verfügte über genug Scharfsinn, hatte sie doch vor Jahren als Kaufhausdetektivin gearbeitet. Sie beugte sich über den Tresen in dieser kleinen Polizeiwache:

„Herr Kommissar, glauben sie wirklich, dass einer verschwindet, der mit mir in den Harz fahren will?"

Ihr Blick war zweifelnd auf Kommissar Hoffmann gerichtet.

„Was einer so sagt, und was einer dann tut, sind zweierlei Dinge", sprach er bedächtig.

Dabei sah er Milly mitleidig an, wollte noch etwas bemerken, aber als sie sich abrupt umdrehte und wütend die Wache verließ, schwieg er lieber und verscheuchte flugs den Gedanken, dass sie doch eine recht nette Person war.

Ein erneutes Schluchzen schüttelte jetzt ihre Schultern, als sie auf die Straße trat. Vielleicht sollte sie den Fall lieber selbst lösen. Das war sie ihm ja eigentlich schuldig, ihrem Karli. Warum also hatte dieser Schuft das getan? Wer auch immer, irgend einer musste

Karli ja entführt haben! Sie hatte es sofort erkannt! Wieso sollte Karli seine Wohnung verlassen haben, ohne die Fenster zu schließen? Das würde er nie tun, bei seiner Angst vor Einbrechern. Denn seit drei Tagen war er nicht zu erreichen!

Es konnte nur unter Fremdeinwirkung passiert sein, wenn nämlich tatsächlich ein Einbrecher nachts beim Einbruch von Karli im Schlafanzug überrascht wurde und ihn dann in Panik aufgefordert hatte, mitzukommen, damit Karli keine Personenbeschreibung abgeben konnte.

Sie wusste, dass nicht immer alles so war, wie es im Augenblick aussah. Hatte sie doch schon etliche Krimis gesehen und auch schon damals im Kaufhaus Einiges in ihrem Job als Detektivin erlebt. Und sie hatte sich selten geirrt, wenn ihr jemand verdächtig vorkam. Jemand, der heimlich Gegenstände in seiner Tasche verschwinden ließ, um sie dann an der Kasse nicht zu bezahlen. Milly kannte sich aus!

Sie würde jetzt als erstes Karlis Wohnung nach Einbruchsspuren absuchen. Den Schlüssel hatte sie ja. Denn obwohl beide ihre Ehepartner verloren hatten, waren sie der Meinung, es würde die Liebe länger frisch halten, nicht zusammen zu wohnen. So hatte Karli ihr das damals erklärt – und sie fand die Idee auch nicht schlecht.

Na gut, sollte die Polizei doch weiter vermutlichen Hinweisen für ein freiwilliges Verschwinden nachgehen. Bis die ihr endlich glaubte, hatte sie den Fall vielleicht schon selbst gelöst.

Also begann Milly in Karlis Wohnung systematisch nach Indizien für eine Entführung zu suchen – bis sie plötzlich auf ein kleines Kuvert stieß! – „*Für Milly*" stand in geschwungener Schrift auf der Vorderseite.

„Für Milly? Was willst du mir hier sagen, mein Karli?",

flüsterte sie vor sich hin und öffnete den Umschlag mit flatternden Händen. Sie überflog die Zeilen, blickte hoch, las weiter, sah gegen die Wand und las alles noch einmal:

„Liebe Milly, tut mir leid, aber als du neulich deine Cousine in der Steiermark besucht hast, war ich in meiner Einsamkeit bei Trudi aus meiner Schulklasse von damals. Sie hatte mich angerufen, weil wir uns neulich mal durch Zufall in der Stadt wieder getroffen hatten – tut mir leid, aber ich hatte ihr dann meine Nummer gegeben.
Wir haben uns bei ihr getroffen. Ja, und dann hat sie die besten Pfannkuchen gebacken, die ich je gegessen habe! Milly, dabei ist es leider einfach passiert – wir haben uns ineinander verliebt. Natürlich nicht wegen der Pfannkuchen, es ist einfach passiert!
Ich denke, du verstehst mich – Milly, sei mir bitte nicht böse, aber manchmal geht das Leben eben seltsame Wege. Ich wünsche dir alles Gute – Karli ...“

Milly trocknete ihre Tränen – über so einen Kerl wollte sie nicht auch noch weinen, dazu hatte sie jetzt keine Lust mehr. Sie legte den Schlüssel auf den Tisch, griff dann automatisch zum Telefon, wählte die Nummer auf der kleinen Visitenkarte, die ihr der Kommissar zugesteckt hatte und flüsterte in den Hörer:

„Herr Hoffmann, sie hatten Recht – Herr Karl Griesner hat mich verlassen. Das hat er mir in einem Brief geschrieben, der in seiner Wohnung lag. Bestimmt war er zu feige, mir das selbst zu sagen. Schlagen sie die Akte ruhig zu!“

Er vernahm ihr leises Schniefen, holte tief Luft und wagte dann zu fragen:

„Frau Milly, wie wäre es mit einem Gläschen Wein heute Abend zum Trost in der kleinen gemütliche Kneipe um die Ecke – die kennen sie sicher, *Fridas Eckpunkt* heißt die – und ich heiße Johnny“.

Ein Weilchen hörte er nichts – dann Millys verhaltene Antwort:

„Ja, Johnny Hoffmann, ich werde um 20 Uhr da sein".

Sie schloss mit einem Ruck Karlis Wohnungstür zu und überlegte, ob sie das grüne oder lieber das rosa Shirt heute Abend anziehen sollte? . . .

Die Busfahrt

Sie stand neben ihm an dieser Bushaltestelle und wusste nicht, wie sein Auftrag lautete. Sie wusste nicht einmal, wer er war.

Den Mantelkragen hochgeklappt beobachtete er unauffällig die kleine Tasche, die sie bei sich trug. Er musste es schaffen, an diese Tasche mit dem Testament zu kommen – das sie zu einer reichen Frau machen würde – so lautete der Auftrag, den sein Freund Bruno ihm erteilt hatte.

Dabei hatte Rena nie daran gedacht, von Bernd irgendwie finanziell bedacht zu werden, zumal ihr das sowieso völlig egal war. So gab es auch kein Testament, in dem sie – seine Geliebte – erwähnt war. Die zwei Häuser im Frankfurter Westend würden auf Bernds Frau übergehen, nicht auf sie, da er ihre Beziehung und auch die Existenz seines kleinen Sohnes absolut geheim gehalten hatte. Doch dann entdeckte Rena das geheimnisvolle Kuvert in einer Mappe mit Liebesbriefen aus der Zeit, als sie noch glaubte, dass er sich eines Tages von seiner Frau trennen würde.

Deshalb also hatte er vor einigen Monaten bei einem seiner Besuche mit dieser Mappe hantiert. Er hatte sein Testament aktualisiert, vom Notar beglaubigen lassen und in ihrem Schrank verwahrt! Wusste er damals schon, wie alles kommen würde? Dass ihn beim Überqueren der Straße ein Auto - mit tödlichem Ausgang - erfassen würde?

Sie dachte, in seinem Freund Bruno einen Vertrauten gefunden zu haben, einen Freund, der ihr zur Seite stand, wenn sie in ihrer Traurigkeit, den Kleinen ohne Vater aufwachsen zu sehen, ertrank. Doch sein Freund Bruno war seit Jahren der Geliebte von Bernds Frau, wie sie durch einen dummen Zufall erst jetzt erfahren hatte!

Als sie nun auf dem Weg zum Notar an der Haltestelle stand, um diesem das plötzlich aufgetauchte Testament zu übergeben, stand der merkwürdige Mann in Brunos Auftrag jetzt dicht hinter ihr. Doch sie wusste es nicht.

Er musste unbedingt den Platz hinter ihr erwischen, das wertvolles Täschchen blitzschnell durch den schmalen Schlitz von ihrem zu seinem Sitz ziehen – und gleich darauf aussteigen. So war sein Plan.

Seine Hand fuhr jetzt in die Manteltasche, wollte die Scheine fühlen, den vorläufigen Lohn für diesen miesen Dienst.

Er wusste, wie man es machte, hatte er doch jahrelange Übung als Taschendieb, wovon natürlich niemand etwas wusste. Plötzlich traten Schweißperlen auf seine Stirn. Sie war jung, wirkte so unschuldig – fast wie Marie, seine Tochter. Die junge Frau strich jetzt ihr Haar nach hinten, lächelte die alte Dame an, die neben ihr stand und angestrengt damit beschäftigt war, aus ihrer zerfledderten Geldbörse ihren Fahrschein für die Busfahrt heraus zu holen.

Ihr Lächeln gefiel ihm. Warum war Bruno nicht zufrieden mit dem Anteil, den seine Geliebte, die Witwe von Bernd, sowieso einkassierte?

Warum sollte er die junge Frau bestehlen, und sie um die Sicherheit für sich und ihr Kind bringen für diesen schmutzigen Lohn? War er wirklich so mies und ließ sich kaufen? War er zu schwach?

Doch er wollte doch auch nur seiner kleinen Tochter Marie ein schöneres Leben ermöglichen, die ihn so oft vermisste, weil er nie wirklich Zeit für sie hatte.

Sie stiegen ein, die junge Frau zuerst, dann er. Der Platz hinter ihr war frei, wie erhofft. Um diese Zeit waren nicht viele Leute unterwegs.

Er wusste jetzt wieder genau, was er zu tun hatte, vergaß sein Mitleid. Langsam fuhr der Bus an, quälte sich durch die engen Gassen, hatte fast schon den nächsten Halt erreicht. Der Mann war jetzt ziemlich nervös, biss sich auf die Unterlippe.

Dann ging alles ziemlich schnell und lautlos, das Testament an sich zu bringen.

Sie sah noch aus dem Fenster – schien von einem besseren Leben zu träumen – der Bus hielt, und er wand sich hastig, lautlos wie eine Katze aus der Tür, ging mit schnellen Schritten die Straße entlang, ertrug es jedoch nicht, dem Bus nachzusehen, der an ihm vorüber fuhr.

Hatte die junge Frau den Diebstahl schon bemerkt? Ein eisiger Wind blähte seinen Mantel auf, schnitt in sein Gesicht, entriss ihm fast die Geldscheine, seinen „Vorschuss" für diesen Dienst von Bruno, den er noch einmal fühlen wollte - und jetzt in der Hand hielt. Ein Auto mit erhöhter Geschwindigkeit fuhr im Zickzack direkt auf ihn zu – doch er sah es nicht . . .

Wer sind sie?

*I*ch sehe mir schon wieder dieses - etwas unverständliche - Bild in der Galerie genauer an: Zwei Wesen – am blauen Himmel schwebend – der Hintergrund ein Wölkchenkranz, der sie verbindet.

Die beiden *Schwebenden* tragen rote Pullover mit bunten Kringeln, weiße Hosen und Zylinder. Rechts auf dem Bild entdecke ich einen Globus. Es könnten Wesen eines fernen Sterns sein. Kennt man *die* nicht anders? Mit Antennen auf dem Kopf und grünem Gesicht? Die Beiden hier sehen völlig gleich aus – auf den ersten Blick.

Doch dann entdecke ich, dass eines der Beiden ein ganz vages Lächeln auf den Lippen hat.

Und die Blicke? Leer und tot oder listig und wissend? Ich kann sie nicht definieren. Warum sind beide überhaupt an diesem Ort? Waren sie schon immer dort oder sind sie *Aussteiger* aus unserer *schnöden* Welt? Was ist ihr Ziel? Suchen sie einen ganz neuen Blick auf unsere Erde? Sollten sie dann nicht wenigstens in Richtung Weltkugel sehen? Vielleicht sind sie auch geklont. Wer ist dann wer? Der Lächelnde könnte der Zweite sein. Lächelt er, weil er gelungener ist? Ist er das?

Mir gefällt er nicht – somit kann mir der andere auch nicht gefallen. Bei soviel Ähnlichkeit könnte ich mir vorstellen, dass sie sich sogar manchmal selbst verwechseln. Wer sollte das auch sonst tun – es ist niemand da am Horizont.

Sind sie männlich oder weiblich? Ich denke dabei eher an Männer. Frauen haben für derlei Scherze keine Zeit.

Denn wer sollte dann kochen und bügeln, wenn sie glatzköpfig und fast ausdruckslos im Weltall herum schweben würden? Niemals täte das eine Frau - und schon gar nicht beide im gleichen

Outfit!

Ich gehe weiter und habe doch tatsächlich vergessen nachzusehen, wer der Maler dieses merkwürdigen Gemäldes ist.

Sollte ich umkehren? Doch wer würde mich schon danach fragen? . . .

Handyservice

Eigentlich hatte sie jetzt gar keine Zeit, denn die vertrödelte – verbracht mit Telefonate und Klönen im Treppenhaus – musste wieder eingeholt werden.

Ein Aktenberg sah sie schadenfroh an. Der Kaffee blubberte in der Maschine und Maria ließ ihn nun in die Tasse laufen. Ein Stückchen Torte dazu würde den Genuss noch erhöhen - doch leider - das hatte sie bereits gestern verspeist! Das erste Schreiben wird in Angriff genommen, nachdem sie den PC hochgefahren hatte. Da! Schon wieder das Telefon!

„Reinke, ja bitte?"

„Hallo Frau Reinke – ich grüße sie! Haben sie unser Schreiben von Plus 9 erhalten?"

„Ja, sicher – danke, dass sie mich daran erinnert haben, meine Telefonkarte auszufüllen! Hätte ich fast vergessen, denn wie sie schreiben, wäre ich dann ja meine Telefonnummer los!"

„Ja, Frau Reinke, so ist es. Aber dann werden sie mir doch sicher auch ein paar Fragen beantworten?"

„Gut, aber es muss schnell gehen! Ich gebe ihnen zwei Minuten!"

„Kein Problem, muss nur kurz im PC nachsehen!"

„Was, sie wissen gar nicht, was sie mich fragen wollen?"

„Doch, doch, gleich haben wir`s!"

Marie kaut auf ihrem Kugelschreiber, verdreht die Augen, pustet eine blonde Locke aus der Stirn und stellt mit einem Blick auf die Armbanduhr fest, dass die zugestandenen zwei Minuten längst überschritten waren.

„Naaa, was ist?"

„Oh, die Datei lässt sich nicht öffnen!"

„Was wollten sie mich denn eigentlich fragen?"

„Mooment! Gleich haben wir`s – ähh, komisch – geht nicht!"

„Also, sie sind mir ja ein „*Interviewer*"!

„Was kann ich denn dafür, ist eben die Technik!"

„Haben sie noch nie davon gehört, dass man sich besser einen Zettel mit den betreffenden Fragen auf den Tisch legen sollte - weil die Tücken der Technik ja doch hinlänglich bekannt sind?"

„Meine Güte, ich hab`s doch gleich! Noch eine Minute, junge Frau!"

So ging es noch ein Weilchen hin und her, und zwischendurch folgte so nebenbei von diesem Herrn ab und zu die Frage danach, ob das betreffende Schreiben für das Aufladen der Telefonkarte denn auch tatsächlich verständlich war? Sie wusste nicht, wie oft sie das nun schon bestätigt hatte! Dann, endlich sein Jubelruf:

„Ahhh, hier haben wir`s ja!"

Marie konnte nicht umhin zu bemerken, dass sie „es" nicht hätte, eher wohl er.

„Na, dann fragen sie schon - bin mit meiner Geduld wirklich am Ende - denn ich habe nämlich immer noch keine Zeit!"

Sie war jetzt schon ziemlich laut.

„Ganz ruhig, hören sie einfach nur zu, junge Frau und beantworten sie mir kurz nun die Frage: Also – haben sie unser
Schreiben verstanden, und sind sie mit dem Hinweis auf das Aufladen des Handys, weil ihnen sonst ihre Telefonnummer verloren
gehen w . . .“

Marie konnte nur noch ein:

„Rufen sie mich nie wieder an – hören sie – niiee wieder!!!!“
brüllen und den Hörer aufknallen . . .

Gewalt

Es ist Jahre her, doch manchmal noch gegenwärtig. Ein Besuch im Krankenhaus, Auskunft an der Rezeption, man sieht nach, ich warte. Doch plötzlich wird es laut, drei Polizisten stürmen durch die Glastür, laufen die breite Treppe hinauf, an mir vorbei, mich nicht beachtend, die Gesichter verzerrt, auf der Suche nach ihrer *Beute*. Meine Gedanken schlagen Purzelbäume. Was passiert jetzt? Wen suchen sie so wild entschlossen?
Dann Ruhe, vermutlich haben die sterilen Gänge sie verschluckt. Ich wende mich um, sehe in die erwartungsvollen Augen der Krankenschwester, die ihr Häubchen zurecht zupft.

„Zimmer 12? Das ist im zweiten Stock", gibt sie mir freundlich Auskunft.

Mit kleinem Nicken und einem – *Danke* - wende ich mich der Treppe zu. Sie hinaufzugehen schaffe ich nicht mehr. Sehe plötzlich die drei Polizisten, die mir entgegenlaufen. Doch nun haben sie jemanden in ihrer Mitte. Ihre groben Fäuste halten ihn überall fest – am Kragen, am Ärmel, im Nacken. Was haben sie mit ihm vor, dem dunkelhäutigen Mann mit den erschrocken aufgerissenen Augen? Jetzt brüllen sie, schütteln ihn, werfen ihn am Fuß der Treppe zu Boden. Ich kann meinen Blick nicht von dieser Szene wenden, stehe abseits.
Einer der Ordnungshüter tritt dem armen Kerl mit seinem Stiefel in die Seite, der schreit vor Schmerz, versucht, sich aus den festen Griffen herauszuwinden. Doch diensteifrig kommt sein Kollege zur Hilfe – brüllt für mich Unverständliches – tritt ebenfalls auf das Opfer ein. Mir wird schlecht, ich sehe weg. Doch nicht lange - will, dass sie endlich aufhören, die Männer, die für Recht und

Ordnung in unserem Staat sorgen sollen. Was verstehen sie darunter?

Jetzt tropft Blut auf den Boden, man hat ihm ins Gesicht geschlagen. Ein leises Wimmern begleitet seinen Versuch, sich das Blut abzuwischen.

Ich bin wie gelähmt. Sein Gesichtsausdruck hat jetzt etwas von einem erschrockenen Kind. Hilflos sieht er mich mit großen Augen, aus denen die Augäpfel kreideweiß hervortreten, an. Meine Hände zittern, als ich meine Jacke fest um mich ziehe, weil ich plötzlich friere. Kann seinem Blick nicht standhalten, schäme mich. Wofür?

Ich gehe einen Schritt nach vorn, kann nicht schweigen:

„Das ist ja unerhört, was sie hier veranstalten!",

sage ich mit zitternder Stimme. Damit habe ich die Aufmerksamkeit der Polizisten auf mich gelenkt. Sie sehen mich böse, wie ertappt an. Einer von ihnen ergreift meinen Arm, schiebt mich energisch in Richtung Ausgang:

„Sie gehen jetzt mal schön weiter, das hier geht sie gar nichts an!"

Was hätte ich denn tun sollen? Die Polizei rufen? . . .

Stau auf der Autobahn

Eigentlich hatten wir uns nicht viel dabei gedacht, bei Schnee und Eis mit dem Wagen umsichtig von Hamburg nach Hannover zu fahren. Hatten wir doch dort ein wichtiges Geschäftsgespräch und sollten außerdem ein Kundenfahrzeug hinbringen sowie ein anderes wieder mit zurücknehmen. Somit kam eine Zugreise für mich und meinen Liebsten gar nicht erst in Frage.

Wir fuhren also fröhlich und pünktlich um sieben Uhr morgens los. Anfangs sah alles ganz gut aus, doch nach einigen Kilometern, kurz vor Soltau, erreichte auch uns die Information aus dem Radio, dass ein riesengroßer LKW die Autobahn blockiere und man der Sache umgehend nachgehen werde, um die zügige Weiterfahrt zu ermöglichen. Wir hatten nur noch ein paar Kilometer, um uns selbst davon zu überzeugen – und schon standen auch wir im Stau.

Ich versuchte den Gedanken, jetzt am liebsten die Toilette der nächsten Raststätte aufzusuchen, zu verdrängen – dachte stattdessen lieber über die Rechnungserstellung dieser Fahrt für den Kunden nach. Allerdings wurde ich bald davon abgelenkt:

Eine junge Frau, mit vermutlich gleichem Gedanken an jenes stille Örtchen, hatte sich wohl nicht ganz so im Griff wie ich. Sie stieg aus einem der uns umzingelnden Fahrzeuge aus und setzte sich – vermutlich in dem Gefühl ganz allein auf weiter Flur zu sein – mitten auf den Fahrbahnrand mit herunter gezogenem Slip, und für alle sichtbar, in die Hocke!

„Was ist das denn?" mein Liebling war entsetzt.

„Wo? Also, was macht die denn da?" konnte ich nur beipflichten.

58

Schon purzelten mir die vorgefassten Rechnungsdaten wieder aus dem Kopf.

Man konnte in dem Moment alles – aber auch wirklich alles das sehen, was so zu sehen ist, wenn man sich so hin hockt – ohne Höschen! Ich fand das einfach schamlos und peinlich. Was nützte es da groß, dass sie ihre Kapuze tief ins Gesicht gezogen hatte?

Und er? – Männe? Er unterdrückte ein Schmunzeln. Lustmolch! Doch eins wusste ich genau: Mein Popo ist viel hübscher als der da!

Nach angemessener Zeit versetzte sie sich wieder in den üblichen Zustand, lüftete bei der Rückkehr zum Auto allerdings doch noch ihre Kapuze! Wollte sie damit demonstrieren, dass SIE es war, die so mutig das tat, was keine andere sich vermutlich traute? Allerdings blieb der wahrscheinlich von ihr erwartete Applaus völlig aus.

Endlich – endlich ging die Fahrt langsam in Richtung Raststätte weiter. Diesmal stieg ich aus, fast noch bevor mein Hase anhalten konnte. Mit großen Schritten strebte ich das stille Örtchen an in der Furcht, wegen Überfüllung niemals rechtzeitig am Ziel anzukommen. Doch zu meinem Erstaunen befand ich mich kurz darauf ganz allein in diesem begehrten Raum! Schnell konnte ich das dringend Nötige erledigen, kam erleichtert aus der Kabine – und traute meinen Augen nicht! Ein unendlicher Strom Frauen mit Panikblick kam mir entgegen. Hatte ich ein Glück – und auch Mühe, mich aus diesem Getümmel zu lösen.

Wieder am Auto angekommen überraschte mich Lieblings verdutzte Frage:

„Wo wollen die denn alle so eilig hin?"

„Wohin wohl? Man merkt, dass du keine Frau bist! – sonst wüsstest du bestimmt, wie es uns in so einer Situation ergeht! Du würdest dich doch vermutlich doch einfach nur an einen Baum stellen, wie Nachbars Bello, nur dass du dabei nicht dein Bein heben brauchtest. Weißt du was? Fahr` einfach weiter!"

Das tat er dann auch ganz langsam – mit pikiertem Blick in Richtung Vordermann auf der Rechtsspur. So fuhren wir einige Kilometer schweigend, bis mein Liebling feststellte, dass die linke Spur ziemlich schnell frei wurde. Entschlossen wechselte er die Fahrbahn und lächelte mich triumphierend an. Ja, mein Hase hatte schon Ahnung, wie man so richtig Auto fährt! Doch irgendwann tat sich unserem Blick das Ende des rechtsseitigen Staus auf. Was wir da allerdings sahen, übertraf alles zuvor Erlebte!
Da saß der Stauverursacher doch tatsächlich hinter dem Steuer seines LKWs – schlafend!! Das Haupt leicht gegen die Scheibe gelehnt, den Mund offen – sein Schnarchen erreichte uns akustisch allerdings nicht. Doch es fand mit Sicherheit statt, denn seine Wangen blähten sich im regelmäßigen Rhythmus auf – mal die rechte, dann die linke. Kuckte denn niemand der anderen leidenden PKW-Fahrer – sollte einer nach Ewigkeiten an ihm vorbei kommen - mal nach oben zum Führerhäuschen?
Es ist schon eine kleine Weile her, dass wir so herzhaft gelacht haben – mein Hase und ich - wie an diesem Tag! Unsere Phantasie ging bei der Vorstellung, wie die noch unwissenden hinter ihm stehenden Autofahrer mit der Tatsache umgehen würden, dass ein Nickerchen des Vordermanns ihre sämtlichen Termine durcheinander gebracht hatte! Wie lange würden sie warten müssen, bis er endlich aus seinem Dornröschenschlaf erwacht ist?
Doch wo blieb die Polizei? Da hörten wir sie schon, die schrille Sirene! Wie wird der arme Schläfer sich wohl gleich erschrecken? Leider konnten wir diesen Moment auf unserer Überholspur nicht weiter verfolgen, um nicht den gleichen Stau auszulösen wie er.
Wir verfolgten noch eine ganze Weile die Verkehrsmeldungen – doch die über einen schlafenden Stauverursacher wurde nicht übermittelt . . .

Markt

Auch heute sitze ich nach meinem Einkauf von frischem Obst vor dem kleinen Café` am Markt und beobachte die Szene. Hausfrauen kramen die Auslagen verschiedener Gemüsesorten durch, ihr „Männe" steht gelangweilt daneben. Manche schlendern auch nur solo herum.

Ich sehe mir alle Marktbesucher an, während ich ein Tütchen Zucker in meinen Cappuccino rühre: Wie kann die da bloß so verkniffen durch die Gegend laufen? Der Gatte ist bestimmt arm dran bei ihr - wenn sie überhaupt einen hat! Wo doch das Leben viel zu kurz für ein langes Gesicht ist!

Also, das kann die da vorne nun aber wirklich nicht mehr tragen – bauchfrei und schätzungsweise so um die fünfzig! Na ja, wenn sie sich ganz gerade hält und nicht atmet, mag das für den Moment vielleicht doch noch gehen.

Was dreht der sich denn immerzu um? Ach, die Kleine da gefällt ihm wohl. Vergisst sicher ganz, dass er längst nicht mehr ihr Jahrgang – und wohl auch nicht ihr „Beuteschema" - ist.

Ist die nun krank oder immer so hungrig, die Dicke? Erklären wird sie sicher das Erstere – sollte sie einer fragen. Super Tattoo – doch wie sieht das aus, wenn der achtzig ist? Aber sicher denkt auch er – älter werden nur die anderen.

Oh, nicht schlecht der Typ, jetzt läuft er direkt in meine Richtung! Vielleicht setzt er sich ja in die Nähe?

„Ist hier noch ein Plätzchen frei? Ich sitze nämlich nicht so gern allein herum."

Natürlich war noch eins frei. Wir kamen ins Plaudern. Meinem Cappuccino folgte noch ein zweiter – er hatte mich dazu eingeladen.

Doch leider hat er mich nicht um ein kleines Date gebeten, schade. Na ja, nächste Woche bin ich sicher wieder hier. Vielleicht sieht man sich ja . . .

Damals

Es liegt schon ziemlich lange in ihrem Ablagekorb – unten in dem kleinen Sekretär zwischen anderen Dingen wie Briefchen ihrer Kinder, einem alten Kalender, Kochrezepten und Geschenkpapier – das alte Foto ihrer Eltern. Es wurde vor vielen, vielen Jahren aufgenommen.

Sie nimmt es heraus und sieht es sich genauer an. Es gibt keinen Hintergrund, nur Dunkelheit. Ihre Mutter sitzt – der Vater steht respektvoll neben ihr – einen Arm angewinkelt, weil man sicher nicht wusste, wohin mit ihm – dem Arm. Den anderen lässig herunterhängend mit geschlossener Hand.

Ihre Mutter hält sich an einem zugeklappten Buch fest, ein zartes Lächeln auf den ungeschminkten Lippen. Brav sehen beide aus. Doch bei näherem Hinsehen gibt der kleine Oberlippenbart ihrem Vater doch irgendwie etwas Keckes, trotz der artig nach hinten gescheitelten Frisur.

Die Mutti trägt ein seidiges Blüschen, in ihrem Halsausschnitt entdeckte sie eine Kette mit Medaillon und sieht es sich näher an, dabei erkennt sie dieses Medaillon wieder – es liegt jetzt in ihrem Schmuckkästchen, unbeachtet, denn die Kette dazu ist schon lange gerissen.

Es könnte das Verlobungsbild ihrer Eltern sein. Sie sind noch sehr jung auf diesem Foto, und sie erwarteten sie, ihre kleine Tochter, erst einige Jahre später. Was war ihnen in der Zwischenzeit alles passiert?

Einiges hatte man ihr erzählt, etwas davon ist ihr entfallen. Doch jetzt, beim Betrachten des Bildes, kommen die Erinnerungen wieder.

Sind sie nicht damals gerade aus ihrem Dorf bei Dresden nach Berlin gezogen?

Wie hat sich ihre Mutter so in der Großstadt gefühlt, wollte sie überhaupt dahin? Und ihr Vater, sicher hat er sie beschützt, seine kleine Frau.

Denn wie sie später hörte, war er ein Frauenliebling, der dem weiblichen Geschlecht nicht abgeneigt war, doch seine *Hede* trotzdem die Erste in seinem Herzen blieb.

Zurück zu diesem Bild: Sie erinnerte sich noch, dass Mutti später eine andere Frisur trug - gefärbte, blonde Wasserwellen, die ihr artig um den Kopf frisiert waren. Aber geschminkt war sie immer nur ganz dezent, wie es sich für eine ordentliche, brave Hausfrau gehörte, um vielleicht nicht noch mehr die Ablehnung der konservativen Familie des Vaters zu erfahren. Denn bei ihnen war sie nur das Püppchen, das zarte, das manchmal ein bisschen kränkelte – wie er ihr später mal erzählte.

Nein, so eine Frau war nicht die Richtige für ihren Sohn und Bruder, der da auf dem Foto im Anzug, Krawatte – doch mit diesem kleine kecken Oberlippenbärtchen - und geradem Blick brav neben ihr steht, mit angewinkeltem Arm, weil man nicht so genau wusste, wohin mit ihm.

Von ihr gab es später kein Foto in dieser kunstvollen Pose – so brav und so bieder. Eher verwackelte Schnappschüsse, wie:

Mama auf Kur – Mama mit Freundinnen auf Piste . . .

Der Hauskauf

Warum hat dir der Alte nicht das Haus in der Lindenallee vererbt? Mit diesem hier wird es nur Ärger geben."

„Lass` uns nicht so viel lamentieren, es gehört jetzt mir und du kannst dir ein paar Euros verdienen – komm` fass` mit an, Albert", war Toms Kommentar.

Sie begannen, die Wände mit Silberfolie zu isolieren, Feuchtigkeit hatte sich breit gemacht. Zum Ende der Woche hatte er mit Familie Lechner bereits diesen verfluchten Besichtigungstermin vereinbart. Und sie waren noch längst nicht fertig!
Verbissen begannen sie ihr Werk und schwiegen fast bis zum Abend. Die nächsten Tage die gleichen Strapazen, die machten sie völlig kraftlos, doch es würde sich lohnen, versprach Tom seinem Freund Albert.
Samstag – sie hatten es tatsächlich geschafft, bestaunten ihr Werk – und sahen im gleichen Augenblick erschrocken diesen feuchten Film auf der Tapete, die sie über die Folie geklebt hatten . . .

„Es ist entzückend, viel schöner, als ich es mir vorgestellt hatte. Alles ist neu renoviert! Da haben wir ja richtig Glück, nicht Günther!"

Günther nickte Gisela begeistert zu, wandte sich dann an seine beiden tobenden Kinder:

„Binchen, komm`, quengelt hier nicht rum, noch ist es nicht unser Haus. Geh` mit Gernot in den Garten, nachher bekommt ihr ein Eis!"

Gisela setzte sich später zu den Männern an den Tisch, auf dem schon der Kaufvertrag lag. Sie unterschrieben nach genauer Prüfung, nahmen jeder ein Glas Sekt, der schon bereit stand und prosteten sich alle drei lächelnd zu. Gisela wollte aufstehen, war zu aufgeregt, um noch länger zu sitzen. Dabei traf ihr Blick die Wand gegenüber, auf die jetzt die Sonne fiel. Was ist das? Was glänzt da so?

„Günther, sind die Wände oberhalb geölt? Es sieht so feucht aus!"

„Frau Lechner, das ist ein Speziallack, da können sie die Wände später mit einem feuchten Tuch einfach nur abwischen, sollten sich Spinnweben oder Staub unterhalb der Decke niedergelassen haben. Das erspart ihnen das häufige Streichen", beschwichtigte Tom die Lechners.

„Ach so, da bin ich aber froh. Günther, es ist wirklich alles perfekt!"

Der nickte zufrieden. Sie unterhielten sich noch eine Weile, sprachen über die Gestaltung des Gartens, die bald neuen Nachbarn und die Rosenbeete vor der Tür, verabschiedeten sich dann fröhlich.

„Mausi, wir können schon nächsten Monat einziehen! Da werden Müllers aber staunen – die in ihrer kleinen Drei-Zimmer-Wohnung!" flüsterte Günther beim Hinausgehen fröhlich.

Es ist nun schon einige Monate her, seit Tom das Haus verkauft hatte, froh über den guten Abschluss und auch froh darüber, nichts mehr von den neuen Mietern vernommen zu haben, seit der letzten Beschwerde, das Haus wäre wohl doch irgendwie feucht, und man werde das nicht so hinnehmen können.

Alles Rederei, die würden nichts machen können, gekauft ist gekauft, und wenn der Lechner zu blöd ist, auch das Kleingedruckte zu lesen, ist das doch sein Problem, ha, ha.

Tom hatte endlich einen Parkplatz vor seiner Tür gefunden, stellte den Motor ab und hörte erst jetzt das bedrohliche Brummen, als er aus dem Wagen stieg. Leicht erschrocken drehte er sich um – blieb wie vom Blitz getroffen stehen: Lechner auf einem Traktor mit Schaufellader – seine Frau aufgeregt neben ihm herlaufend und mit schriller Stimme rufend:

„Günther, reg` dich doch nicht so auf, mach` dich nicht unglücklich, denk` an die Kinder – Günther, bleib` stehen – Günther!!!"

Tom sah den Traktor immer näher kommen, konnte gerade noch zur Seite springen, schrie auf und fiel in die Hecke. Danach ein ohrenbetäubendes Geräusch – kurz darauf der spitze Schrei von Gisela – die durch einen Nebel von Staub rettend auf Tom zustürzte!
Der schüttelte sich, rappelte sich auf, nieste den Staub aus der Nase und stellte fest, heute mehr Glück als Verstand gehabt zu haben, blickte schuldbewusst zum Himmel – und wusste, irgendetwas unbedingt regeln zu müssen, selbst wenn es sein Schaden sein wird . . .

Freunde

Das Wasser glitzerte im grellen Sonnenlicht um ihre Gummistiefel, in dem sie bis zur Hälfte standen. Es war ein wunderschöner Tag – wie selten in den letzten Wochen. Sie schwiegen, lauschten dem leisen Plätschern der Wellen, gestreichelt von den tief ins Wasser hängenden Weidenzweigen.
Martin lachte plötzlich leise, strich sich mit der Hand durch sein blondes Kurzhaar. Die Angel wippte in seiner Hand.

„Pst, verscheuch` die Fische nicht", flüsterte Tim, während er wie abwesend auf den See blickte.

„Glaubst du, in Finnland werden wir genug Zeit finden, fischen zu gehen? Ich freue mich wirklich auf die paar Tage Urlaub, Martin. Gleich, nach meinem Arzttermin packe ich meine Tasche – ich rufe dich morgen so gegen Mittag kurz an, dann müssen wir uns nur noch um die Abfahrtszeit Gedanken machen."

Plötzlich zogen schwarzen Wolken über sie hinweg, das Wasser zu ihren Füßen sah für einen Augenblick modrig grau aus, die Wellen plätscherte nicht mehr.

„Dein Arzttermin? Was ist los mit dir, Tim?" Martins Stimme klang besorgt.

„Ach, nichts weiter, nur eine Routineuntersuchung, mach` dir keine Gedanken."

Er strich sich mit der Hand über die Stirn, als wollte er dunkle Gedanken fortjagen.

„Du ich freu` mich wirklich auf unseren kleinen Trip!"

Martin lachte.

„Aber wehe, du erzählst später wieder deine berühmten Märchen von den Zwei-Meter-Fischen, die ich dann auch noch bestätigen soll – mein Freund, diesmal nicht!" grinste Tim.

Dann sah er auf die Uhr.

„Lass` uns gehen, muss den Termin beim Doc einhalten – ich ruf` dich an."

Sie packten eilig ihre Sachen zusammen, Tim wollte schon voraus gehen. Plötzlich ein Blitz, der den ganzen See gespenstisch erhellte.

„In Ordnung Tim, ich muss sowieso auch in die Stadt – bis morgen, und – ruf` mich an, wann`s losgeht!"

Sie umarmten sich jetzt ein wenig länger als sonst, dann noch ein freundschaftliches Schulterklopfen – und schon wandte Tim sich zum Gehen.
Martin sah ihm nach, seinem Freund, der sich jetzt leicht gebeugt, als trüge er eine schwere Last auf seinen Schultern, langsam immer weiter von ihm fort bewegte – ein unerklärliches Gefühl von Traurigkeit presste plötzlich sein Herz zusammen. Was war los?
Er verscheuchte energisch weitere Gedanken daran, beruhigte sich mit: *Blödsinn, was soll schon sein? Er hätte es mir gesagt* – warf seine Tasche über die Schulter und ging mit großen Schritten in die andere Richtung.
Damals wusste er noch nicht, dass sie sich nie wieder sehen werden – erst dann, als er Tim nicht mehr erreichen konnte, um über die Abfahrt zu sprechen - und ihn ein paar Tage später dieser Brief – ein Brief mit diesem schwarzen Rand - erreichte…

Das Familiengeschenk

Marita, froh über das Ende der Weihnachtstage, hat wieder mal richtig Lust in die Sauna zu gehen, wie sie mir verkündet. So verabreden wir uns zum kommenden Sonntag – zum günstigen Wochenendtarif. Doch brannte sie darauf, mir vorher noch ihre *Weihnachtsgeschichte* zu erzählen.

Das war nämlich so: Ihre jüngere Tochter Susanna, aus beruflichen Gründen nach Tübingen verzogen, freute sich auf den Besuch der Mutter über die Weihnachtsfeiertage. Auch ihr *Neuer* war auf den Besuch der eventuellen Schwiegermutter neugierig. So simste man sich schon vorab Einiges über den Ablauf des Ereignisses. Heike, ihre zweite und ältere Tochter, die wie Marita in Hannover lebt, wollte nun auch der Schwester eine Freude machen, doch leider fiel ihr das passende Geschenk nicht ein. Da meldete sich der geschiedene Vater, der schon länger in einer neuen Ehe lebt, aus diesem Anlass bei Heike.

„Sag` mal, wenn deine Mutter zu Suse fährt, habe ich was zum Mitnehmen. Und zwar hat mir Freddy – weißt ja, mein Freund, der den Geflügelstand in der Markthalle hat - etliche Kilos Leber mitgebracht. Wir können das alles doch gar nicht allein essen – da packe ich ihr mal paar Pfund davon ein, was meinst du? Frag` mal Muttern, ob sie das dann mit nimmt.“

Heike fand die Idee gut:

„Das ist ja super, da weiß Mama gleich, was sie mitbringen – kann von uns – ein kleines Geschenk haben wir für Suse natürlich auch noch!“

Am gleichen Abend rief sie bei Marita an, erzählte ihr von Papas

70

toller Idee.

„Was soll ich?? Mit einem Beutel voll Leber von Nord nach Süd fahren, quer durch Deutschland? Spinnt ihr? Eins sag` ich dir:

Haltet mir die Leber vom Leib!"

„Meine Güte, da ist ja nichts dabei, sieht doch keiner, wenn das alles gut eingewickelt ist, Mama!"

Warum – um alles in der Welt - konnte sie nie *nein* sagen? Aber *ja* sagte sie auch nicht. Meinte nur:

„Mal sehen, ich weiß noch nicht, vielleicht . . ."

„Ach, Mama, du machst das schon – wann fährt dein Zug morgen? Wir telefonieren nachher noch, wann ich dir das Paket bringe!"

„9 Uhr 40 vom Hauptbahnhof, Kind, das hatte ich dir doch schon einige Male erzählt".

Doch just in diesem Moment ahnte sie Schlimmes, nämlich, dass Heike mit dem Fleischpaket dort stehen würde. So fasste Marita den wilden Entschluss, einfach schon einen Zug eher zu fahren. Gesagt – getan.
Im Zug sank sie zufrieden in ihren Sitz, freute sich über die gelungene Aktion, überlegte sich eine Ausrede für Heikes späteren Anruf. Ein Blick zur Bahnhofsuhr – der Zug würde in 20 Minuten losfahren. Ihr Blick glitt entspannt über hastende Mitreisende auf dem Bahnsteig.
Sie wollte gerade einen Apfel aus der Reisetasche holen, musste dazu aufstehen. Wieder ihr Blick aus dem Fenster – direkt in das erstaunte Gesicht von Heike!
Sie stand vor Maritas Abteil, eine große Plastiktüte in der Hand. Kurz darauf war auch sie im Zug.

„Mama, wieso willst du einen Zug eher fahren? Konntest dir doch denken, dass ich mit dem Leber-Päckchen zum Bahnhof komme".

„Eben", konnte Marita nur zwischen ihren jetzt ganz schmal gewordenen Lippen hervor bringen, was Heike geflissentlich überhörte.

„Ich wollte direkt mal überpünktlich sein – und da sehe ich dich zufällig gerade in diesen Zug einsteigen! Das hast du dir aber gut ausgedacht! Ne, so geht das nicht – hier, pack` mal den Beutel ein."

Damit hielt sie ihr die Tüte mit der Leber hin – fein eingepackt. Als Marita gerade protestieren wollte, zischte Heike ihr leise zu:

„Mama, sag` jetzt kein Wort, sonst erzähle ich dir jetzt gleich ganz laut, was in der Tüte ist!"

Was blieb Marita übrig? Sie musste wohl oder übel das *Familiengeschenk* in ihrem Koffer verstauen.
Ja, und so fuhr Marita stundenlang quer durch Deutschland – im Handgepäck zwei Pfund rohe Leber, was sie durch`s Lesen eines Liebesromans verdrängte . . .

Der Gabentisch

Nun stehe ich wieder einmal hier – vor dem Tisch mit den Weihnachtsgeschenken - mir fallen spontan zwei Zeilen aus dem „Struwwelpeter" ein:

„ . . . *und die Mutter blicket stumm auf dem ganzen Tisch herum"* – und muss dabei an etwas ganz anderes denken – an den Gabentisch unseres Lebens.

Da steht er dann, der kleine Mensch vor diesem Tisch, unschuldig, kennt noch nicht das Gesetz, dass er für alles im Leben bezahlen muss.
Es sind nämlich keine wirklichen Geschenke, die dann vor ihm liegen – sie sind nur als solche getarnt.
Irgendwann, wenn ihm manche Unlösbarkeiten des Lebens bewusst werden, spätestens dann merkt er, dass die Verpackung Tarnung war.
Wenn er`s vorher wüsste, hätte er sie haben wollen?
Doch das große Los erwischt er manchmal wirklich, der Mensch, allerdings meist nur auf Zeit. Dann verbirgt sich ein wahres Geschenk in der Verpackung.
Manchmal – in glücklichen Augenblicken – das kann sein, wenn er die Liebe erfährt, sein Kind im Arm hält oder eine wirkliche Freundschaft erlebt.
Meist versucht er dann, dieses Glück für immer festzuhalten - doch nichts bleibt, wie es ist.
Das Leben ist Veränderung, und mit ihm verändert sich oft auch das, was ihn irgendwann glücklich machte.
Wenn er es dann wirklich schafft, einfach nur loszulassen, kann er noch einmal auf seinem Gabentisch nach einem ebenso schönen

Geschenk suchen, eines, das sich nicht verändert – weil es diesmal vielleicht keine Mogelpackung ist . . .

Keller entrümpeln

Also, jetzt wurde es aber wirklich Zeit, meinen Keller zu entrümpeln! Verschämt muss ich zugeben, dass ich das schon seit Jahren wollte!

Jedes Mal, wenn ich etwas vermisste, ging ich frohen Mutes in den Keller – sicher liegt es dort, dachte ich mir. Aber selbst wenn, wie sollte da jemand etwas in diesem Chaos finden?

Auf Drängen meiner Freundin Molly kümmerte ich mich nun endlich mal darum. Denn wer hatte schon Lust, über diverse Kartons zu steigen, das Fahrrad von A nach B zu schieben, die Farbtöpfe zu stapeln, die Säcke mit ausrangierter Kleidung, die natürlich mit Sicherheit noch jemand liebend gern tragen würde und vieles mehr – aus dem Blickfeld zu schieben? Alles andere, was mich vom Suchen des bestimmten Gegenstandes abhalten könnte, will ich hier gar nicht erwähnen. Es musste eine Lösung her!

Eine Anzeige im Wochenblatt sprach mich an. Da machte doch ein Rentner solche Sachen gegen Benzinkostenerstattung und einen kleinen Lohn für seinen Kollegen – und das aus purer Langeweile! Er war der Richtige! Ich rief ihn gleich an, wir verabredeten einen Termin zum nächsten Mittwoch.

Sein Klingeln an besagtem Tag beflügelte mich eilends die Treppen hinunter zu fliegen. Da stand er nun, der ältere Herr mit feschem Westernhut und seinem Kollegen.

Der „Boss" übernahm nach kurzer Lagebesprechung gleich die Regie über die ganze Aktion. Genau das war es, was ich gesucht hatte!

Eifrig schwebte ich vor ihm die Kellertreppe hinunter, sie folgten mir neugierig. Als ich die Kellertür geöffnet hatte, blickten wir Drei minutenlang stumm auf das Chaos.

Endlich wandte Herr Schön, wie er sich mir vorgestellt hatte, mit undefinierbarem Blick an mich:

„Ihr Keller?"

„J – jaa…", schuldbewusst blickte ich zu Boden.

„Ich werde an dieser Stelle lieber nichts sagen, sondern in die Hände spucken!"

Jetzt lachte er – und ich auch. Die Beiden machten sich nun eifrig ans Werk – und ich stand irgendwie im Weg - bemerkte ich wenig später. Doch das sollte nicht so bleiben:

„So, junge Frau, sie schieben doch besser alles, was entsorgt werden soll nach vorn, und wir laden auf, mein Kumpel und ich".

Dazu wies man mir schon bald den einen oder anderen beladenen Aufstieg aus dem Keller zu. Doch irgendwann stand mir der Sinn nach einem kleinen Kaffeepäuschen, was ich dann auch kundtat. Meister Schön sah mich überlegen lächelnd an:

„Was – schon keine Puste mehr? Das verschieben wir mal ganz schnell auf später. Sie wissen doch: erst die Arbeit und dann das Vergnügen!"

Zügig flitzten sie weiter eins ums andere Mal die steile Treppe hinunter – und schwer beladen auch wieder hoch. Als Letztes sollten die ausgedienten Elektrogeräte auf den kleinen Hänger. Doch – der war bereits fast überladen.
Was blieb uns übrig? Er musste die Teile im Kofferraum und auf der Rückbank seines PKWs verstauen – die alte Musikanlage, den Herd, das Bügelbrett und so weiter - und so weiter – mit dem Ergebnis, dass die Beiden fast nicht mehr aus dem Rückfenster sehen konnten.
Ich meldete meine Bedenken an, doch er winkte ab:

„Das geht schon, ich fahre ja den Kram nur kurz zur Entsorgungsstelle in der Südstadt", tröstete man mich.

Ich hatte derweil den Auftrag, in der Zwischenzeit die restlichen Kleinigkeiten schon mal ins Treppenhaus zu stellen für die Abschlussfahrt - und machte mich gleich ans Werk. Nach dem letzten ziemlich beladen Gang die steilen Stufen hoch - ging ich auf die Straße. Doch da saßen die Beiden immer noch im Wagen vor der Haustür!

„Wollten sie nicht schon längst losgefahren sein?", war meine schüchterne Frage.

Lange sah er mich an und nickte vielsagend mit dem Kopf:

„Wir waren bereits dort, schnell wie wir sind, gute Frau – man hat uns die Sachen nicht abgenommen!! Und wissen sie, warum nicht? – nein, das können sie ja nicht wissen! Stellen sie sich das mal vor – der ganze Kram hat Übergewicht. Das ist so eine Frechheit, sie hätten mir ja wenigstens die erlaubte Menge abnehmen können!
Dann hätte ich nur den Rest wieder mitgebracht. Aber nein – die behördlichen Herren sind vermutlich leider nicht in der Lage mal mit zu denken, weil es sicher einer der Fälle ist, der wohl so nicht in ihren Vorschriften steht. Man, man, man, Leute gibt`s!"

Ich sah mich schon wieder alles - mit Hilfe der netten Herren - im dunklen Gemäuer am Ende der steilen Treppe verstauen.

„Das gibt`s doch nicht - und nun? Müssen wir alles wieder in den Keller bringen?"

Ich wagte gar nicht, ihn anzusehen.

„Machen sie sich mal keine Gedanken, ich nehm` den ganzen Krempel erst mal mit nach Hause, fahre Freitag hin – und dann werden die was erleben! Schließlich habe ich einen Schwager auf der Behörde, der kann denen mal richtig einheizen!"

Ich war mehr als froh – und bedankte mich erleichtert. Zum Benzingeld gab ich dem Kollegen aus Freude darüber sogar mehr, als vereinbart war.

Dann gingen wir noch zu mir in die 4. Etage im Altbau ohne Fahrstuhl, damit wir ja auch recht lange fit bleiben.

Ich unterdrückte mein Pusten und servierte schnell den angekündigten Cappuccino mit ein paar Keksen. Wir plauderten ein halbes Stündchen.

Als sie aufbrachen, schüttelten wir uns noch freundschaftlich die Hände, es kam sogar das Angebot der Tapezierhilfe, die ich sicher irgendwann in Anspruch nehmen werde – diesmal in absehbarer Zeit. Danach holperte der voll bepackter Wagen langsam davon – und ich sah ihnen dankbar hinterher. Hoffentlich war von seiner Frau nicht schon für Freitag eine kleine Überlandfahrt per Auto geplant...

Goldene Zeiten

Wie sich die Zeiten ändern! Vor einigen Jahren konnte man doch glatt noch simpel telefonieren! Man hob einfach den Hörer hoch, wählte die gewünschte Rufnummer – nach auswärts mit Vorwahl – und schon war man mit Tante Elli oder Onkel Fritz verbunden! Das war dann schon alles. Und jeder wusste es: Eine Telefoneinheit von acht Minuten kostete 20 Pfennige.

Ja, auch richtiges Geld hatten wir noch! Keiner dachte damals an den alles veränderten „Teuro". Einmal monatlich kam die Abrechnung von der Post – das war`s. Die musste man dann auch nicht erst lange auf ihre Richtigkeit prüfen – denn was sollte schon passiert sein bei unserer Post?

Hatte man unterwegs mal den Wunsch ein kleines Gespräch zu führen, so genügte es, 20 Pfennige in den Schlitz der nächsten Telefonzelle zu stecken.

Manch einer ging auch einfach in den nächsten Kaufladen und bat darum, mal telefonieren zu dürfen – dann allerdings für 50 Pfennige, das war so üblich.

Später wurde es allerdings tückischer: Man musste eine Karte für die neuen Telefonsäulen kaufen – auch die steckte man in einen – diesmal längeren – Schlitz. Ich denke, damit fing leicht schleichend das ganze Dilemma an. Doch wohl keiner hat es richtig bemerkt.

Einige Zeit später starteten wir nun – immer fortschrittlicher - ganz andere Aktionen, um jemandem vielleicht sagen zu können, dass wir uns um 10 Minuten verspäten. Denn wir wissen, worauf es jetzt ankommt.

Auf die präzise Sprechzeit, sollte es nicht zu teuer werden, auf den richtigen Vorwahlanbieter und auf die Tages- und möglichst die genaue Uhrzeit, und davon gibt es schließlich 24 – denn fast jedes Stündchen hat einen anderen Tarif. Aber nicht nur das: Wir müssen auch nachsehen, welcher Telefonanbieter gerade in dieser Minute den günstigsten Tarif hat. Wo man das erfährt? Ganz einfach: Man kann im Internet ein wenig herum surfen, Freunde fragen oder eine Zeitung kaufen. So leicht wird es uns gemacht! Neulich habe ich mir erlaubt, lauthals gegen diese Neuerung zu wettern, mich aufgeregt, dass ich nicht weiß, welche Vorwahl just in diesem Moment gerade die günstigste ist. Ein Bekannter beruhigte und tadelte mich:

„Was regst du dich denn so auf, rede nicht von früher, als wir noch einen Kaiser hatten – du brauchst doch nur bei Google nachzusehen!"

Ach ja, diese Möglichkeit hatte ich glatt außer Acht gelassen, und wurde noch wütender:

„Was soll ich? Nur weil ich mal kurz meine Freundin anrufen will, ob sie Lust auf einen Kaffee hat, soll ich extra den Computer einschalten, in einer Suchmaschine herum irren, studieren, wer gerade zu diesem Zeitpunkt am günstigsten ist, auf die Uhr sehen, dass ich nicht gerade in diesem Moment in die nächste Stunde `rein rutsche? Mir vielleicht noch die Sonder-Vorwahl-Nummer hastig aufschreiben, falls ich sie in meinem Ärger auf dem Weg zum Telefon vergesse? Danach noch eine Endlosnummer wählen? Es könnte sogar passieren, dass ich am Ende dieser ganzen Aktionen glatt den Grund meines Anrufs bei Lissy vergessen habe!"

Er sah mich verständnislos an:

„Du musst mal mit der Zeit gehen, jetzt ist das nun mal so!"

Ich blitzte ihn wütend an:

„Das musst du mir sagen, weißt gerade mal, dass man mit dem

Computer keinen Kaffee kochen kann!"

Und heute hat man uns die ganze Sache doch ziemlich erleichtert: Denn wir haben eine Flatrate!

Diese Funktionen hier zu erklären, erspare ich uns, denn sonst könnten mir dazu die benutzerfreundlichen Hotlines und die unverständlich hohen Rechnungen bei Kommunikationsproblemen oder Anbieterwechsel einfallen – ach ja, wem das alles viel zu umständlich ist, der bediene sich doch einfach seines – zurzeit noch - simplen Mobiltelefons, auch Handy genannt, das aufgrund seiner fast übersichtlichen Anleitung – in allen Sprachen – die Sache doch vereinfachen könnte – wären da nicht diese unendlichen Funktionen, zu denen das kleine Ding bereit ist. Sei es Musik hören, Filmchen drehen, Infos aus dem Internet holen, Mails oder simsen - und, und, und.

Ob man nun damit auch Eier kochen kann, ist mir bis dato nicht bekannt . . .

Es kann der Frömmste nicht . . .
Eine wahre Geschichte

„**J**ahrelang glaubte ich, in einem ruhigen Mietshaus zu wohnen – und es auch selbst zu sein – ruhig. Doch nun wurde ich eines Besseren belehrt: Das Telefon schrillte plötzlich und unerwartet – mein Vermieter, Herr Schnauch, hatte anscheinend ein Problem mit mir:

"Sagen sie, Frau Haferkamp, warum haben sie bloß ihre Musik neuerdings so laut an? Es gab nämlich die Beschwerde eines jungen Paares über sie und auch andere Mieter, das seit einigen Monaten nun im Haus wohnt."

„Wie, meine Musik ist zu laut? Verstehe ich nicht, aber ich werde das prüfen."

Mein Sohn war für einige Tage zu Besuch hier, und wir nahmen eine Kontrolle vor. Ja, der Bass der Musikanlage dröhnte etwas etwas zu humba-humba-mäßig. Flugs beseitigte er diese „Ungezogenheit", wobei er leise stöhnte und die Augen mit einem:

„Man – man – man" - verdrehte.

So, nun war ja wohl alles wieder gut. Doch die Sache hatte sich noch weiter zugespitzt, und wir wurden von unserem netten Vermieter per Brief gebeten, ihm schriftlich zu bestätigen, dass wir selbst nie Grund zu einer Klage in Bezug auf „Radau" gehabt hätten. Wir erfüllten ihm umgehend diesen Wunsch – mit einem guten Gewissen, denn wir alle sind sehr zufrieden mit ihm.

Schon zwei Tage später klingelte mein Vermieter diesmal höchstpersönlich an der Tür und übergab mir einen Brief:

„Tut mir leid, Frau Haferkamp, aber sie sollen ruhig alle wissen, was im Fall *Lärmbelästigung* in Bezug auf die neuen Mieter alles so anliegt – deshalb bekommen sie jeder ein Protokoll über den Verlauf".

Damit überreichte er mir ein Kuvert.

„Ja, da sich nun der Mieterverein dieses Falls angenommen hat - im Auftrag dieser Mieter - geht das jetzt alles seinen Gang. Aber regen sie sich nicht auf, es gibt ja noch mehr angeblich lärmende Mieter in unserem Haus, wie sie wissen – zum Beispiel Frau Krummbiegel wegen ihrer Stöckelschuhe und Herrn Meier wegen der überlauten *Miau*-Laute seiner Katzen, sowie Frau Schulz wegen ihres lauten Fernsehers.
Aber auch die sind sich keiner Schuld bewusst und angemessen empört – und stellen sie sich das mal vor: Die neuen Mieter haben doch tatsächlich seit drei Monaten die Miete um 100 € monatlich gekürzt – und führen täglich Protokoll über die anfallenden `Lebensgeräusche` der anderen Mieter – lesen sie mal – steht alles in dem Schreiben!"

Was auch immer mit diesen „Lebensgeräuschen" gemeint war. Aber da kennt ja die Fantasie bekanntlich keine Grenzen – zumindest wurde unter uns Mietern später drüber gelacht!
Vielleicht sollten diese Leute sich selbst auch mehr mit *Lebensgeräuschen* beschäftigen – würde sie sicher von der Protokollführung über unsere Geräusche für eine - hoffentlich längere - Zeit ablenken!
Ich bedauerte Herrn Schnauch diesbezüglich und wir verabschiedeten uns freundlich. Wobei er mir noch - nun schon mit leichter Röte im Gesicht – versicherte:

„Aber mit mir nicht, Frau Haferkamp – mit mir nicht!"

Das beruhigte mich. Nun erst las ich das Schreiben über meine ungezogene laute Musikanlage, sah so nebenbei raus und direkt ins Küchenfenster meines Nachbarn Meier. Was er gerade tat? Er saß am Tisch und las – vermutlich auch seinen Brief des Vermieters, denn wir hatten ja alle den gleichen zur Info bekommen! Sofort griff ich zum Telefon:

„Sag` mal, Igor, warum machen deine Katzen bloß solchen Lärm?"

Wir lachten und er fragte mich erstaunt, woher ich das wüsste? Nach meiner Erklärung lachten wir noch mehr.

„Du, komm` doch einfach rüber, Frau Krummbiegel sitzt auch schon diesbezüglich – in Stöckelschuhen - hier".

Ich konnte ihr Kichern hören. Zehn Minuten später war ich bei ihm – und wir lasen nun zu dritt bei einem Cappuccino den Brief unseres Vermieters:
Dieses Studenten-Pärchen gab im Schreiben noch weiter an, es käme in „unserem Haus" außerdem noch zur Beanstandung wegen: lautem Hämmern, Fernsehern auf „volle Pulle", lautstarkem Musikhören, extremer Lärmbelästigung allgemein, Laufen der Waschmaschine auf vollen Touren, Besuch von Kindern, die im Treppenhaus laut trampeln, schreien, hüpfen und singen, ein Nachbar hätte einen schlecht erzogenen Hund, der bellt und die Zähne fletscht, eine alte Heizung würde seit vier Wochen im Treppenhaus stehen, was sehr unansehnlich wäre, wochenlang hätten Glasscheiben im Treppenhaus gelegen - und was sonst noch so alles angegeben wurde.
Die Liste ist im Original noch viel länger. Dass der Hund beim Anblick der beiden *Störer* die Zähne fletscht, kann ich voll verstehen. Würde ich auch machen – wäre ich ein Hund!
Und dass er dann auch noch bellt – was denkt der sich eigentlich? Dass jeder hier einfach fröhlich so `rum bellen kann nach Lust

und Laune? Nicht in diesem Hause! Können Katzen eigentlich ihre Lautstärke regeln? Habe ich noch nie gehört!

Die Beiden gaben dazu noch an, dass sie in einer Ausbildungssituation wären, die volle Konzentration verlange, sie doch durch unseren starken Lärm total eingeschränkt wären, diesen Anforderungen nachzukommen. Ts, ts, ts – ist das unser Problem?

Die älteste Bewohnerin lebt seit 50 Jahren in diesem Haus. Leider liegt ihr Wohnzimmer neben dem Schlafzimmer des genervten Pärchens.

Mein Vermieter hatte nun Erbarmen mit den intoleranten Leuten und spendete der älteren Dame sogar ein Paar Kopfhörer, damit die TV-Geräusche nicht das schlummernde Pärchen am späten Abend aufwecke. Bei der Vorstellung musste ich lachen, die alte Dame vorm TV mit Kopfhörern – wie ein Maikäfer!

Wobei sie angab, täglich bereits meist um 22 Uhr ins Bett zu gehen! Und trotzdem wird ihr immer noch nachgesagt, sie würde bis 24 Uhr Krach machen! Was sie allerdings glaubwürdig bestritet, denn sie erklärte, schon meist gegen 21 Uhr - leicht zur Seite geneigt - auf ihrem Sofa selig und süß fast zu entschlummern, um dann schnell ins Bett zu purzeln.

So war auch die Sache mit den Kopfhörern vergebliche Liebesmüh`. Es wurde sich weiterhin beschwert mit der Anmerkung, dass die Wohnung bei dieser Art Lärmbelästigung nicht mehr genutzt werden könne. Wir anderen - extrem lauten Mieter - waren alle wie vor den Kopf geschlagen: Wieso haben wir den unerträglichen Lärm all die Jahre selbst nicht gehört? Sollten wir einen gemeinsamen Besuch beim Ohrenarzt in Erwägung ziehen?

Herr Schnauch war bald am Ende seiner Weisheit und holte sich Rat bei einem Rechtsanwalt – dessen Zustimmung er sofort bekam, was sein Verhalten den neuen Mietern gegenüber betraf. Auch sein Protest bezüglich der Mietkürzung war berechtigt. Aber das war ja anzunehmen. Doch dann geschah etwas, das mich ziemlich verwunderte:

Der Paketdienst fragte mich eines Tages, ob ich bereit wäre, für jemanden aus dem Haus etwas anzunehmen. Na klar, mache ich doch immer. Als ich später genauer auf die Anschrift sah, war es doch tatsächlich ein Päckchen für den jungen Nörgler!
Ja, da blieb ihm wohl nichts anderes übrig, als das Päckchen selbst von mir abzuholen. Was ihm sicher nicht so genehm war. Ich öffnete betont freundlich die Tür und übergab ihm seine Sendung – fragte ihn am Schluss aber doch noch:

„Sagen sie mal, sind sie der Stänkerer, der seit Monaten über alles und jeden hier im Haus was zu nörgeln hat?"

Er schluckte, wirkte ziemlich verlegen – überlegte einen Moment, schluckte wieder, blieb auch weiter verlegen und rang sich dann mit rotem Kopf zu einer Antwort durch:

„Ja, äh, hm - ich weiß auch nicht, aber na ja, manchmal ist es ja auch laut hier – aber auf jeden Fall möchte ich mich dafür bei ihnen entschuldigen! - Ja, und vielen Dank auch, dass sie den Paketdienst trotzdem nicht weggeschickt haben!"

Ich grinste leicht belustigt:

„Angenommen – die Entschuldigung – wobei ich ziemlich sicher bin, dass sie es nicht für mich getan hätten!"

Er schwieg dazu. Und mir fiel gerade nichts mehr ein, weil ich überhaupt nicht mit soviel Freundlichkeit von ihm gerechnet hatte! Ich hätte ihm doch noch den Vorschlag unterbreiten können, in ein Altersheim zu ziehen!
Doch eins war mir in diesem Moment klar: *Er* war es nicht – es kann nur *sie* sein, die ihren Frust – über was auch immer – an uns Mietern ablassen will. Oder sie wollte sich einfach nur wichtig machen – falls bis dato noch niemand ihre Wichtigkeit bemerkt hat. Mir ist die ja auch noch nicht aufgefallen.

Dass er sich zum berühmten *Hampelmann* von ihr machen lässt, wird ihn sicher im Leben nicht weiter bringen.

Dann war ein paar Tage Ruhe – bis auf eine kleine Beschwerde über den Elektroherd, der doch tatsächlich immer noch vor der Entsorgung auf gleicher Etage der leidenden Mieter nun schon seit einigen Tagen dort stand. Sie ließen verlauten, dass ein Besucher des Pärchens sich darüber mokiert hätte und gemeint, das wäre ja ein „fürchterliches" Treppenhaus, wie könne man nur in so einem Haus wohnen, wo es *so* aussähe?

Tja, da komme ich ja auch so langsam ins Grübeln, dass ich es schon über zehn Jahre hier ausgehalten habe, und mir dabei nie etwas von *Fürchterlichkeit* aufgefallen ist! Dann hörten wir wieder länger nichts von Hubers – bis ich meinen Vermieter mal fragte, ob denn nun endlich ein Einsehen von anderer Seite stattgefunden habe?

„Ja klar, ich wollte ihnen das schon längst erzählen", dabei grinste er übers ganze Gesicht.

„Ich hatte mich ja durch meinen Rechtsanwalt kundig gemacht - und bin völlig im Recht! Somit sind die Beiden nämlich aufgefordert worden, mir die noch ausstehende Miete umgehend zu überweisen – und außerdem – habe ich denen jetzt die Miete um 70 € erhöht – und auch da bin ich völlig im Recht!"

Er strahlte immer noch, und ich konnte ihn verstehen. Ein paar Wochen später war Frau Krumbiegel eifrig dabei, die Treppe zu wischen, natürlich ohne ihre Stöckelschuhe, als besagter Unruhestifter etwas schüchtern auf sie zuging:

„Hm, sagen sie, Frau Krummbiegel, ist ihre Miete eigentlich auch erhöht worden? Stellen sie sich mal vor, wir zahlen jetzt 70 € mehr - ob das rechtens ist nach so einer kurzen Zeit?"

Frau Krummbiegel wrang ihren Wischlappen ein wenig zu lange aus, rührte noch in ihrem Wischwasser herum und meinte dann etwas irritiert:

„Äh, ich habe noch gar nicht so richtig nachgesehen – oh, ich glaube, meine Kartoffeln kochen über – da muss ich mal schnell nachsehen!" – und verschwand heimlich grinsend in ihrer Wohnung.

Einige Tage später hörte ich von Herrn Schnauch, dass er endgültig *gewonnen* hätte, die einbehaltene Miete nachgezahlt wurde – und die Kündigung bereits ins Haus – bzw. in die Wohnung des Pärchens stünde.
Tja, sehr erfolgreich waren demnach deren Aktionen ja nun nicht. Was hatten sie erwartet? Ein junges Pärchen, das keinen – angeblichen - Lärm erträgt? Dann sind ihnen sicher auch Parties und derlei Feten unbekannt. Und das in dem Alter? Das ist ja fast ein bisschen traurig!
Wochen später sahen wir sie dann ihre Möbel - und was sonst noch so in einer Wohnung steht - ins Treppenhaus tragen. Der Umzugswagen stand auch bereits vorm Haus. Keiner von uns sprach sie an, niemand wünsche alles Gute - und die Frage, ob mal jemand kurz mit anfassen könne, mussten sie gar nicht erst stellen – sie hätten ein eiskaltes *Nein* zur Antwort bekommen.
Der nächste Vermieter wird sicher auch seine helle Freude an dem Pärchen haben – wenn, ja wenn der junge Mann nicht vorher aufwacht und die Flucht vor ihr ergreift. Denn ob sie allein diese Lachnummer durch ziehen würde, wagten wir alle zu bezweifeln.
Ja, und wir anderen wohnen immer noch sehr gern in diesem ruhigen Haus mit einem überaus netten Vermieter . . .

Ernst Jandl - und ich...
(Autor)

Jandl: *Dass dies` ich machen tu` –*

ich: … ist lang schon her, und geht jetzt gar nicht mehr - wie:
die Schule schwänzen, den Lehrer ärgern, das Zimmer im Chaos
verlassen, volle Mülleimer übersehen, von Torten naschen – und
noch viel mehr verbotene Dinge. Doch eigentlich ginge es alles
auch jetzt noch zu tun – aber wo sollte ich dies tun? Wen würde
es stören, wer sollte mich tadeln?
Was bleibt? Dieses Kapitel aus dem Buch des Lebens einfach
zuzuschlagen, seinem Abschiedslied zu lauschen - in stillen Stunden – und andere Türen zu öffnen, um dahinter Neues, Unbe-
kanntes zu entdecken, oft nicht von Dauer, wie manche Lieder.
Gute Lieder, schlechte Lieder – neue Lieder und immer noch eine
Menge Neugier auf das Leben!

Jandl: *Immer von sich selbst erzählen -*

ich: also jemand, der auch nur von sich selbst erzählt – wie er
den Tag vollbracht, die Nacht geschlafen, den Einkauf bewältigt,
den Partner ertragen, sich über den Nachbarn geärgert, die Arbeit
geschafft – und letztendlich feststellt, dass kein anderer es so
schwer habe wie er selbst – so einen kenne ich auch.

Soll ich es trotzdem versuchen, jetzt auch mal von *mir* zu erzählen
– nicht nur zuzuhören?
Ich beginne, doch gebe dann gleich wieder auf. Versuche höflich
ihm weiter zu folgen beim Lamentieren, vergesse mich, sehe ihn
an und sehe ihn nicht – gehe in Gedanken meinen Einkaufszettel

durch, koche das Essen, suche das Buch aus, das ich heute Abend lesen möchte – auch in Gedanken.

Bemerke meine Träume, höre ihm dann weiter zu, seinen Worten über jemand mir unbekannt, der ganz schlimm sei, denn gerade *der* würde nur von sich erzählen!

Nein, mit so einem Schrecklichen möchte er nichts mehr zu tun haben.

Da schweige ich weiter, ehe auch ich in seinen Augen zu diesen *Schrecklichen* gehöre . . .

Hotel

Der Kellner kam leise an den Tisch, hüstelte, wartete auf ihre Bestellung. Sina betrachtete Kurt. Sein Haar wurde langsam grau, was ihm gut stand. Er schob die Brille mit seinen schlanken Händen höher, lächelte:

„Hast du Appetit auf Kalbsmedaillons, Schatz?"

Sie spürte plötzlich diesen tiefen Schmerz in der Magengrube. Verdammt, er tat ihr unheimlich leid. Wie würde er reagieren? Sina musste ihn verlassen. Wie sehr hatte sie gegen ihr Gefühl gekämpft und doch verloren. Ben – er war jetzt der Mann, der ihr gut tat. Dabei war er nicht anders als Kurt damals - machte ihr Komplimente, von Sina nur zu gern gehört, hatte alle Zeit der Welt für sie, überraschte sie mit kleinen Geschenken bei ihren heimlichen Treffen.
Warum konnte es mit Kurt nicht mehr so sein? Warum fühlte sie nicht mehr dieses Kribbeln, wenn sie ihn ansah? Passiert das nur am Anfang einer Liebe? Kurt sah ihr jetzt mitten ins Gesicht.

„Na, hast du dich entschieden?"

Ja, sie hatte sich entschieden – für Ben. Ben mit den wilden Locken, dem frechen Grinsen und dieser Leidenschaft. Sina strich ihr braunes Haar zurück, dachte daran, wieder zum Friseur zu müssen, griff nach der Zigarettenpackung. Ihre Hand zitterte leicht. Er war jünger als sie, dieser Ben.
Hatte Kurt gar nicht bemerkt, dass sie sich in letzter Zeit jugendlicher kleidete? Kurt, er spielte jetzt mit seinem Ehering und Sina musste ihm noch heute sagen, dass er ihn bald absetzten könne. Sie nestelte eine Zigarette aus dem Etui - musste jetzt einfach

rauchen, entgegen aller guten Vorsätze. Die Flamme aus Kurts Feuerzeug näherte sich ihrem Gesicht. Sina ergriff seine Hand und zündete ihre Zigarette an. Alles tat ihr weh, warum stritten sie nicht wie andere Paare? Warum hatte er stets Verständnis für sie?

„Nein, ich nehme nur einen Salat – und bitte einen Kognak."

Kurt sah Sina fragend an.

„Einen Kognak?"

Sie versuchte ein Lächeln und drehte sich zum Fenster. Draußen regnete es, und durch die grüne Tüllgardine sah sie einen alten Mann, der vergeblich versuchte, seinen verbeulten Schirm gegen den plötzlich aufkommenden Wind zu öffnen.

Sie hatten sich für einige Tage in diesem kleinen Hotel am See eingemietet, wollten ein bisschen Urlaub hier in diesem romantischen Ort mitten in den Bergen machen. Das Hotel *Enzian* hatte Kurt ausgesucht, und es gefiel ihr. Nach Wien war es nicht weit, sie hatten dort einen ganzen Tag verbracht. Doch Sina konnte sich nicht besonders auf die Sehenswürdigkeiten dieser Stadt konzentrieren. Dachte dabei nur an Ben, wann würde sie ihn sehen, seine Haut, seine Wärme spüren? Sie legte Kurt die Hand auf den Arm:

„Wir müssen reden, Kurt, aber nicht jetzt. Lass` uns damit noch warten, wir sollten die Tage hier genießen."

„Reden? Später? Worüber? Was verlangst du da von mir Sina, was glaubst du, was jetzt in meinem Kopf los ist? Muss ich mir Gedanken machen? Was ist passiert, bist du krank?"

„Nein, mach` dir keine Gedanken. Es ist auch gar nicht so wichtig Kurt – vielleicht müssen wir ja auch überhaupt nicht mehr reden, es war nur so ein Gedanke."

Dabei folgt ihr Finger dem gesticktem Muster in der Tischdecke.

„Manchmal kommen mir eben komische Dinge in den Kopf, denk' nicht mehr dran, Kurt."

Wieso sagte sie das jetzt? War sie einfach nur feige? Verdammt, ja – sie war zu feige. Sina stand lächelnd auf, schlug vor, in die Stadt zu fahren, um noch ein paar Kleinigkeiten für die Eltern zu kaufen. Er war zögernd einverstanden. Sie würde es ihm doch noch sagen müssen, lange konnte sie den Druck nicht mehr aushalten. Wird ihre Entscheidung die richtige sein?
War Ben wirklich der Mann, mit dem sie von nun an ihr Leben verbringen wollte? Ben, sie durfte gar nicht an ihn denken, wusste endlich wieder, was *Schmetterlinge im Bauch* wirklich bedeuten, und sie wusste in diesem Moment doch ganz genau, dass er ihre Zukunft sein würde . . .

Am Nebentisch suchte Ulrike verzweifelt nach einem Taschentuch. Stefan sah ihr zu.

„Was suchst du denn schon wieder? Wenn es deine Sonnenbrille ist – du hast sie auf der Nase!"

Sie war wütend, hatte jetzt ihre Stimme erhoben:

„Für wie dämlich hältst du mich eigentlich? Wahrscheinlich für dämlich genug, nicht zu merken, dass du mit der Seifart ein Verhältnis hast!"

Endlich war es `raus!

„Rike, sprich` bitte nicht so laut – die Leute – natürlich habe ich kein Verhältnis mit der. Wäre ich sonst hier mit dir im Urlaub? Wer hat dir das bloß gesteckt? Du kennst mich doch und weißt, dass es in jeder Firma Neider gibt, die einem was ans Zeug flikken wollen."

Stefan sah sie beschwörend an und zupfte dann imaginäre Fusseln von seiner dunkelbraunen Cordjacke, die sein blondes Haar noch unterstrich.

Er war so ganz Ulrikes Typ, kräftig, immer leicht gebräunt und hatte meist ein freches Grinsen um die Lippen. Klar, gefiel er anderen Frauen auch, ihr Stefan.

Ulrike schien sich etwas zu beruhigen. Sie wollte nicht streiten, nicht hier im Urlaub, trank einen Schluck Kaffee, zupfte dabei an ihrem braunen Pferdeschwanz. Ihre etwas blassen Wangen glänzten, die Wimperntusche war leicht verwischt. Stefan sah sich um, beugte sich zu Ulrike und drückte ihr einen Kuss auf die Wange. Sie lächelte jetzt – wie es schien - erleichtert.

„Ach, Stefan, lass' das doch – hoffentlich klappt alles mit meiner Mutter. Sie ist ja immer so nachsichtig, und Timmy hüpft ihr sicher wieder auf der Nase rum."

„Sei doch einfach nur froh, dass sie uns den Urlaub ermöglicht hat, Schatz."

Er sah kurz aus dem Fenster, wandte sich enttäuscht wieder Ulrike zu:

„Jetzt regnet es auch noch! Vielleicht hätte wir doch besser im Juni fahren sollen."

„Ich werde Mutter nachher mal anrufen. Sie soll Timmy heute Abend rechtzeitig ins Bett bringen, sonst ist er morgen wieder müde in der Schule."

„Kannst du nicht *einmal* abschalten, Rike? Das macht ja nun wirklich keinen Spaß, wenn du ständig an zu Hause denkst."

„Du hast recht, lass' uns nachher ins Hallenbad zum Schwimmen gehen, viel Auswahl haben wir ja nicht bei dem Wetter. Und – Stefan – über die Sache mit dieser Seifart reden wir noch zu

Hause weiter. Denk` nicht, ich steck` das so weg!"

„Hör` jetzt endlich auf damit, da ist nichts - hol` deine Bade-sachen, Schatz! Ich muss nur noch schnell den Kollegen im Versand anrufen, habe vergessen, ihm den Lieferschein der letzten Sendung zu geben, er wird ihn suchen."

Sie hörte ihm nicht weiter zu und machte sich auf den Weg in ih-re Etage. Stefan verschwand in der Telefonzelle neben der Rezeption. Sein Handy wollte er nicht benutzen, da könnte vielleicht was schief gehen.

„Sabrina, ich wollte mich nur schnell melden, Ulrike hat was ge-merkt – aber ich bekomme das schon hin, mach` dir keine Sorgen – ich vermisse dich, Küsschen."

Er legte hastig auf und erreichte fast zusammen mit Ulrike das Zimmer . . .

Der ältere Herr rührte langsam den Zucker in seiner Teetasse um, sah von Tisch zu Tisch, bestellte noch einen kleinen Salat, danach wollte er trotz des Regens ein paar Schritte laufen.
Seit Martha tot war, machte alles nicht mehr soviel Spaß. Trotz-dem kam er immer wieder an diesen Ort. Wie waren sie damals glücklich, als sie ihren ersten Urlaub hier verbrachten! Martha war jung und unbeschreiblich hübsch. Er konnte sich damals an ihr nicht satt sehen.
Blaue Augen, ein gelockter blonder Zopf und ein Rüschenkleid. So sah er sie noch heute manchmal vor sich. Ihr Bild verwischte sich mit den Regentropfen am Fenster, zerfloss langsam im Grau des Himmels. Fast hätte er mit ihm geweint, dem Himmel – er wandte sich schnell seinem Salat zu.
Drei Jahre war sie nun schon tot, und sie wollte sicher nicht, dass er hier an ihrem gemeinsamen Ort traurig in sein Taschentuch schnupfte.

Siegfried sah wieder in die Runde und versuchte eine unbefange-
ne Miene aufzusetzen, saß dann versonnen eine ganze Weile nur
so da, als ihn irgendwann der Blick einer Dame vom Nebentisch
traf, die dann sofort wieder weg sah, sich über ihr Buch beugte
und ihren bunten Schal glatt strich – um danach erneut in seine
Richtung zu sehen. Nun traf sein Blick sie intensiver, und er
musste sich eingestehen, dass sie ihn ein ganz klein wenig an Martha erinnerte!

Ob sie allein hier war? Vielleicht sollte er sie ansprechen. Sollte
er? Einfach so? Sie legte jetzt das Buch aus der Hand und bestellte einen Kaffee.

Mutig stand Siegfried plötzlich auf und steuerte energisch den
Tisch der Dame an. Etwas erstaunt sie sah zu ihm hoch:

„Ja, bitte?"

„Verzeihen sie, ich möchte mich ihnen einfach nur vorstellen,
mehr nicht – wenn sie dann lächeln, werde ich sie fragen, ob sie
mich auf meinem Spaziergang begleiten möchten – gestatten –
Siegfried von Eitzen."

Abwartend sah er sie an. Sie musste tatsächlich lächeln.

„Ich bin Britta Schwelm, und sie müssen mich nicht mehr fragen, ich werde sie begleiten, Siegfried, denn ein kleiner Spaziergang wird mir sicher gut tun – und macht doch zu zweit viel
mehr Spaß", damit wies sie auf den Stuhl neben sich.

„… aber ich möchte trotzdem meinen Kaffee in Ruhe austrin-
ken."

Siegfried war erleichtert – fast ein bisschen glücklich: *alter Junge, du
kannst ja sogar noch flirten!* – ging es ihm durch den Kopf. Er setzte
sich und winkte den Ober an den Tisch, bat ebenfalls um einen
Kaffee. Insgeheim musste er schmunzeln.

Es war noch keine Stunde her, seit er das Lokal betreten hatte, und nun saß er schon neben dieser reizenden Dame!

Vorhin noch hätte er fast bei dem Gedanken an Martha geweint, und plötzlich war seine Welt in Sonne getaucht. Doch er wusste auch genau, dass Martha ihm ein wenig Glück gönnte – und mit seiner Wahl sicher einverstanden war.

Sie saßen hier genauso zusammen wie die beiden Paare vor kurzer Zeit an den Nebentischen. Doch er fand, dass er jetzt am fröhlichsten von allen aussah.

Bald darauf machten sie sich auf den Weg, Siegfried hatte eine Beschreibung mit und führte Britta an die schönsten Plätze dieses Ortes. Der Regen hatte nachgelassen und sie konnten ihre Schirme vorerst in den Beutel legen, den sie eigens dafür mitgebracht hatte . . .

Robert deckte die verlassenen Frühstückstische ab, legte wieder neue bunte Decken für die Mittagszeit auf, stellte die gereinigten Aschenbecher auf die Tische zurück und lüftete den Raum durch. Bis zum Eintreffen der Mittagsgäste drehte er die Musik lauter, ging mit tänzelnden Schritten in die Küche, neugierig auf die Gerichte für die Speisekarte heute. Manchmal machte er ihm ja auch Spaß - sein Beruf.

Doch manchmal taten ihm die Füße ziemlich weh. Vielleicht hätte er damals lieber Elektriker werden, das kleine Geschäft vom Vater später übernehmen und Birgit heiraten sollen. Doch gerade davor hatte er Angst. Vor Spießigkeit, der Enge seines Ortes und auch davor, dass die Liebe zu Birgit der Alltag schon schnell ersticken würde.

So ist er Kellner geworden, hatte einige Sommer auf den Balearen gearbeitet, das süße Leben der Schönen und Reichen hautnah – allerdings von ihnen unbeachtet – erleben können und kannte nun die Welt ein kleines bisschen. Pfeifend legte er die seidigen Servietten zusammen.

Heute Abend würde er Lisa treffen. Sie war die kleine Friseurin aus dem Ort. Ihre Geschichte ging schon eine Weile, selbst den Eltern hatte sie ihn schon vorgestellt.

Doch gestern kam ein Anruf von Gino, dem Küchenchef vom *Es Copeo* auf Teneriffa, man könnte ihn wieder für die Sommersaison gebrauchen. Ob er Lust hätte? Gern würde er wieder dorthin fahren. Doch damit würde Lisa sicher nicht einverstanden sein:

„Robert, eins möchte ich noch wissen – sollte es mit uns was Ernstes werden, dann fährst du doch nicht mehr auf deine Inseln?", hatte sie ihn gefragt.

Er redete sich ein bisschen raus, lenkte vom Thema ab. Denn bis nächsten Montag wollte Gino Bescheid haben. Warum war nur alles so kompliziert? Er würde mit Lisa noch ein zweites Mal sprechen müssen. Vielleicht würde sie ihn wenigstens noch e*ine* Saison dort arbeiten lassen. Nur eine einzige Saison, das würde ihm genügen. Einmal noch Sommer, Sonne und dieses südländische Flair:

„He, Roberto, bring` uns noch einen Sangria!" . . .

Kurt nahm Sinas Hand, ergriff sie ganz fest. Es roch nach Tannen, Pilzen und Moos. Leise knirschten ihre Schritte auf kleinen Zweigen, die überall auf den Wegen lagen. Regentropfen hingen wie Tränen an den Ästen. Er fragte leise:

„Sina, was musst du mir denn nun sagen? Was es auch ist, ich müsste es ertragen, denn wir wollten von Anfang an in jedem Fall immer ehrlich zueinander zu sein. Weißt du das noch?"

Sina wusste es noch, doch dachte sie damals, dass sie beruhigt darauf eingehen könne, denn es würde nie so weit kommen, dieses Versprechen vielleicht brechen zu müssen – niemals!

„Bitte Kurt, es ist nichts, vergiss` es einfach.“

Sie fühlte sich so schlecht. Wieder sah sie Bens Lachen vor sich, spürte seine zärtlichen Hände auf ihrem Körper. Vergaß fast das Atmen beim Gedanken daran. Langsam gingen sie zurück zu ihrem Hotel . . .

Stefan half Ulrike beim Einpacken der Badesachen, schnappte sich die Tasche und legte den Arm um sie. Zusammen verließen sie die Hotelhalle und gingen zum Fahrstuhl, um im hoteleigenen Hallenbad zu schwimmen. Er hatte trotz allem jetzt viel Spaß mit Ulrike, tobte mit ihr herum, versuchte, sie unter Wasser zu küssen. Für Stunden vergaß er Sabrina, spürte, dass Ulrike endlich einmal nicht an Timmy, ihre Mutter und den Haushalt dachte.
Sie setzten sich später auf die Bistro-Stühle am Pool, tranken einen Cappuccino. Er glaubte jetzt, dass es genau das war, was allein ihre Ehe kaputt machte – dieses alles zerfressende Einerlei.
Gab es wirklich keine Unbeschwertheit mehr für sie im Alltag? Konnten sie nicht noch einmal von vorn anfangen? Als könne sie seine Gedanken lesen, hörte er Ulrike sagen:

„Warum ist es nicht immer so, Stefan? Können wir nichts dafür tun?“

Doch jetzt wollte er keine Diskussion, wollte nur den Augenblick genießen:

„Heute Abend werde ich dir zeigen, was wir dafür tun können, Schatz! Komm` wir gehen noch mal ins Wasser.“

Damit zog er sie an sich, küsste sie und zeichnete mit festem Griff ihre Hüften nach. Ulrike lachte glucksend, dann schwammen sie noch einige Runden . . .

Siegfried nahm leicht den Arm von Britta, sie lächelte ihn an, zupfte ein wenig an ihrem blond gesträhnten Haar. Er fühlte sich leicht und ein bisschen so, wie damals, als er als ganz junger Mann sein erstes Rendezvous hatte!

„Vorsicht, dort liegt ein dicker Ast auf dem Weg," warnte er Britta.

Sie lehnte sich leicht an ihn, und es war ihr nicht unangenehm, dass er sie führte. Irgendwann steuerte Siegfried wieder ihr Hotel an, und sie setzten sich in die gemütliche nicht sehr große Empfangshalle. Er nahm einen Magenbitter – für die Galle, wie er sagte. Vielleicht war er auch nur ein bisschen zu aufgeregt. Britta entschied sich für einen Apfeltee. Sie beobachteten nun das Kommen und Gehen der Gäste, lächelten sich an, wussten, sie müssten in ihrem Alter nicht mehr so viel sprechen, das Meiste war schon gesagt . . .

Robert beobachtete Paul, den Koch, wie der den Salat schwungvoll im Sieb vom Wasser befreite.

„He, Paul, lass' dir Zeit, ich muss erst kurz telefonieren."

Damit nahm er den Hörer vom Telefon auf diesem kleinen Flur ab und wählte voller Ungeduld. Paul hörte ihn gleich darauf leise sprechen:

„Was ist – Lisa, hast du es dir überlegt? Eine Saison noch – danach hast du mich für immer! - Ach, nun rede doch nicht solchen Quatsch! Wie kommst du bloß darauf, ich könnte ein Macho sein? Du, lass` uns heute Abend noch reden, ja … und nicht nur reden, Schätzchen, ich freu mich auf dich`, Süße!"

Damit legte er den Hörer auf, ging pfeifend zurück in den Gastraum. Jetzt verteilte er Teller und Besteck auf den Tischen, stellte kleine Kerzen dazu.

Sein schwarzes Haar hing ihm ziemlich lang im Nacken, doch nicht lang genug, um das Missfallen des Chefs zu erregen, zumal es stets gepflegt war, wie auch der Rest seiner etwas rundlichen Erscheinung. Er würde es sicher noch schaffen, sie umzustimmen – und dann ab auf sein geliebtes Teneriffa! . . .

Sina und Kurt hatten noch Zeit bis zum Abendessen und beschlossen in die Sauna zu gehen. Sie vermied es, mit Kurt länger auf ihrem Zimmer zu sein, wollte keine intime Stimmung aufkommen lassen, um ihm nicht endlich alles über sich und Ben erklären zu müssen.

Kurt sollte es bald erfahren – doch nicht jetzt. Im Saunabereich trafen sie dann das junge Ehepaar vom Nebentisch aus dem Frühstücksraum. Die Frau sprach Sina an:

„Gefällt es ihnen auch so gut hier? Wie wär`s - hätten sie nicht Lust, heute Abend mit uns ein bisschen auszugehen?"

Sina sah Kurt an:

„Was meinst du, sollten wir …?"

Er lächelte:

„Alles, was du möchtest, mein Herz."

Verdammt, warum war er nur immer so lieb? Es tat ihr weh.

„Ach, dann duzen wir uns doch einfach – ich heiße Ulrike und das ist Stefan, mein Mann."

Sie gaben sich die Hände, nachdem auch Sina und Kurt sich vorgestellt hatten. Später verschwanden sie allerdings doch in unterschiedlichen Saunen. Sina und Kurt wählten die finnische, Ulrike schob Stefan in die türkische. Doch dort schlief Stefan schon kurz danach ein.

101

Ulrike sah an die Decke, während dicke Schweißtropfen über ihre Brust liefen. Das mit der Seifart würde sie noch heraus bekommen bohrte es in ihr. Aber eigentlich war er seit heute früh wieder richtig verrückt nach ihr. Sollte er trotzdem mit der Seifart? . . .

Siegfried schlug vor, sich ein bisschen hinzulegen. Was Britta davon hielte? Sie war einverstanden, wollte noch ein wenig in einer Modezeitschrift lesen. Langsam gingen sie zum Fahrstuhl und Siegfried hielt Britta artig die Tür auf . . .

Robert sah die Beiden durch die Glastür des Aufzugs in die Höhe schweben und auch für einen kurzen Moment, wie Siegfried völlig entrückt Brittas Blick suchte. Dann wandte er sich wieder den Tischen zu, um noch einmal die Dekoration für das Menü zu prüfen. Er war doch ziemlich erstaunt, dass man tatsächlich im Alter von Siegfried und Britta noch so verliebt sein konnte – wie nicht zu übersehen war. Er war optimistisch.
Somit hatte er doch alle Zeit der Welt, sich fest zu binden. Er würde mit Lisa heute Abend wirklich noch einmal reden müssen und sie sicher noch eine Saison länger auf ihn warten, schließlich liebten sie sich, und das Geld konnten sie doch auch gut gebrauchen . . .

Sina und Kurt hatten nach den entspannenden Saunagängen nur kurz ihr Zimmer aufgesucht, sich umgezogen. Sie hatte sich geschminkt, für Kurt einen sportlichen Dress `rausgelegt, und dann waren sie in die Speisesaal gegangen. Es war ihr letzter Tag, morgen würden sie abreisen.
Sie setzten sich an den Nachbartisch zu Stefan und Ulrike und beschlossen gemeinsam noch ins *Weinfässchen* zu gehen, ein gemütliches Lokal am Ende des Ortes.
Dort bestellten sie später einen Sekt, von Stefan ausgesucht. Ulrike musterte die Gäste, bat Stefan, mit ihr zu tanzen, nachdem

der Pianist die ersten romantischen Töne angeschlagen hatte. Er führte sie gut gelaunt zur Tanzfläche.
Kurt saß neben Sina, nahm ihre Hand und lächelte sie an.

„Abschied ist ein bisschen wie sterben . . .

Die Sängerin sah dabei verträumt ins Publikum. Er fand dieses Lied früher immer irgendwie traurig. Sina sah an Kurt vorbei.

„Ich könnte mir auch vorstellen, fast zu sterben, wenn du mich verlassen würdest, Sina . . .“

Kurts leise Worte hallten wie ein vielfaches Echo in ihr nach – wieder - und immer wieder. Sie konnte lange nicht antworten. Warum sagte er das gerade in diesem Moment, als sie es doch fast geschafft hätte - *ich verlasse dich, Kurt* - zu sagen?
Vier Worte, die ihr ganzes Leben verändern würden. Ihr Leben und das von Kurt – und auch das von Ben. Hatte sie überhaupt das Recht, alles zu zerstören?
Sina sagte nichts, nahm einen Schluck aus ihrem Glas. Plötzlich stand sie abrupt auf:

„Bitte, warte hier einen Moment auf mich – und frag` mich jetzt nichts, Kurt, bitte . . .“

Er sah irritiert zu ihr hoch, wollte doch noch etwas sagen – ließ es dann aber lieber sein. Sie strich ihren Pulli glatt, ging mit schnellen Schritten in den Vorraum des Restaurants – dahin, wo sie ihr Handy aus der Tasche holen und Ben anrufen konnte, den sie erreichte, wo auch immer er war. Doch heute würde sie ihn das letzte Mal erreichen wollen . . .

Stefan drehte sich mit Ulrike im Tanz, sah den Schweiß auf ihrer Stirn, die zerlaufene Wimperntusche, hörte ihr schweres Atmen. Wieso hatte er vor einigen Stunden nur geglaubt, doch weiter mit ihr leben zu können? Was hielt ihn noch bei ihr?

Wenn er ganz ehrlich zu sich war, wusste er es ganz genau: Es war eigentlich nur Timmy - sein Timmy, auf den er sehr stolz war, und den er über alles liebte. Würde er die Trennung von seinem Papa verkraften? Würde Ulrike fair sein? Warum sollte sie, war er es denn?

Sie lachte ihn an, bat ihn, zum Tisch zurück zu gehen, es sei zu warm, wie sie meinte. Stefans Gedanken waren jetzt bei Sabrina, in der Firma und in einer Zukunft, in der Ulrike nicht mehr vorkam. Es würde sich nichts ändern zwischen ihnen.

Sein Gefühl für Ulrike war gestorben, sie war viel zu sehr nur noch Mutter und Hausfrau, ließ sich gehen. Wo war sie jetzt, seine Ulrike von damals? Für ihn blieb nicht mehr viel. Es war nicht das, was er leben wollte. Sabrina verstand ihn, hatte den gleichen Spaß am Leben wie er. Mit ihr konnte er noch lachen. Zu Hause würde er Ulrike endlich alles sagen müssen …

Britta musste lächeln, als sie sich von Siegfried bis zum Abendbrot verabschiedete. Sie musste das alles unbedingt ihrer Freundin erzählen. Was würde Luise dazu sagen? Sie hatten schon oft darüber gesprochen, bis zu welchem Alter man sich wohl noch verlieben könne. Was war jetzt mit ihr passiert? Etwas, wovon sie eigentlich nicht mehr zu träumen wagte. Sie hatte sich tatsächlich noch einmal ein bisschen verliebt – und das in ihrem Alter!! Schnell verdrängte sie den Gedanken.

Was hatte ihr Gefühl mit ihrem Alter zu tun? Doch wie würde es weitergehen? Siegfried hatte davon gesprochen, dass das zwischen ihnen auf keinen Fall nur beim Urlaubsflirt bleiben wird.

Er hatte gesagt, dass er sie auch nach dem Urlaub treffen müsse, will wissen wie sie lebt, ihren Sohn *Martin*, ihre Schwiegertochter *Carina* und die kleine *Nicole* kennen lernen und sie eigentlich nicht mehr loslassen wolle. Was würde Luise dazu sagen? …

Robert verrichtete noch einige Arbeiten - und wollte anschließend unbedingt noch einen Anruf bei Gino auf Teneriffa erledigen. Er würde nicht bis Montag warten können, wollte seine Zusage für die nächste Saison sofort geben, und sich von Lisa heute Abend nicht mehr umstimmen lassen. Wenn er erst mal zugesagt hatte, musste sie einfach einverstanden sein.

Nach dem kurzen Anruf stillte er seinen Hunger, trank einen Cappuccino dazu, und ihm wurde bewusst, dass auch die Gäste der letzten Tage bereits morgen früh wieder abreisen würden.

Besonders hatte ihm der ältere Herr gefallen, der ganz im Stil alter Schule der Dame seines Herzens den Hof gemacht hatte, wie er beobachten konnte. Die anderen? Die anderen waren wie alle – bis auf die Dame am Tisch neun. *Sina* nannte ihr Begleiter sie. Er fand sie besonders anziehend.

So eine könnte ihm auch gefallen! Aber er ihr wahrscheinlich nicht. Robert verwarf den Gedanken sofort wieder und dachte an Lisa und daran, dass er sich irgendwie nach ihr sehnte. Er wird seinen freien Abend mit ihr so richtig genießen.

Schon morgen Vormittag werden neue Gäste kommen. Robert stellte schon mal die Koffer der Abreisenden gewissenhaft in die Empfangshalle – das würde ihm hoffentlich ein gutes Trinkgeld einbringen . . .

Sonnenuntergang

Die Sonne senkt sich langsam ins Meer. Ihr wird ein bisschen kalt, sie legt sich ein Handtuch um die Schultern. Sollte sie jetzt schon nach Hause gehen nach diesem warmen Nachmittag am Strand?

Ziemlich entfernt von ihr sitzt ein Pärchen. Sie scheinen nicht besonders glücklich miteinander zu sein. Das Mädchen sieht gleichgültig an ihm vorbei, dreht eine braune Locke um den Finger, zupft an ihrem knappen Badeanzug. Der junge Mann greift plötzlich nach ihrer Hand, zieht sie zu sich heran, zeichnet wirre Linien mit der anderen um seinen Kopf, sein Mund bewegt sich unaufhörlich. Streiten sie?

Jetzt wirft sie trotzig den Kopf nach hinten, versucht sich aus seinem Griff zu befreien und schafft es nicht. Nun bewegt auch sie die Lippen. Was schreit sie da zurück? Er lässt ihre Hand los, geht mit fünf Fingern durch sein Haar, wie um es zu ordnen, schweigt jetzt, senkt den Kopf. Das Mädchen steht auf, tritt mit dem Fuß nach ihm, worauf er sich zur Seite rollt und aufsteht.

Mit abwehrender Handbewegung lässt er sie stehen, sucht etwas in seinem Rucksack. Vermutlich hat er es jetzt gefunden. Werden wohl Zigaretten sein. Ja, da sieht sie auch schon gleich die kleine blasse Flamme seines Feuerzeugs im Licht der Sonne. Ein tiefer Zug, er scheint sich damit beruhigen zu wollen.

Sie tritt erneut nach ihm, er hält ihren Fuß fest – und schon liegt sie am Boden, schlägt mit ihrem Handtuch nach ihm.

Warum streiten sie an diesem wunderschönen Sommertag? Sollten sie nicht lieber die Abendsonne genießen?

Sie wendet sich wieder dem Meer zu, hört trotzdem Wortfetzen zu sich herüber wehen. Lange wird sie sich das Theater nicht mehr ansehen, sondern die Beiden auffordern, mit dem Streit

aufzuhören, um sich vielleicht ein bisschen des Lebens zu freuen!
Doch der Streit geht weiter.

Sie packt ihre Tasche und hängt die Wolldecke in den Gurt. Langsam will sie sich auf den Weg zu den Beiden machen. Doch da
sieht sie, wie das Pärchen ihr entgegen kommt. Nun erkennt sie
auch ihre Gesichter. Richtig wütend scheinen die jetzt nicht mehr
zu sein.

Sie nehmen keine Notiz von ihr. Jetzt nimmt er die Hand der
jungen Frau, sie schmiegt sich an ihn und fragt neugierig:

„Sag` mal ehrlich, wie war ich eben? Meinst du, ich bekomm`
die Rolle der *Claudia* in dem Stück?" . . .

Bildnis einer Unbekannten

Sie hat noch ein altes Foto gefunden! Passend zu dem ihrer Eltern: Das Foto ihrer leiblichen Mutter.

Sie nannte es *Bildnis einer Unbekannten* – unbekannt deshalb, weil sie diese nur flüchtig kannte. Sie hatte später einmal, lange nach dem Tod ihrer Adoptivmutter, den Wunsch, etwas über diese Frau, die sie geboren hat, zu erfahren.

Merkwürdiger Weise hatte die Mutter selbst nie ernsthaft den Wunsch, sie kennen zu lernen. Vielleicht wird man ja nicht gern an dunkle Punkte in seinem Leben erinnert. Vielleicht ist sie einer ihrer dunklen Punkte?

Es macht ihr nichts aus, ein dunkler Punkt zu sein. Jene Frau lernte sie trotzdem später kennen, sie nötigte sie einfach dazu. Doch das ist eine andere Geschichte.

Nun sieht sie sich das Foto ihrer leibliche Mutter nach langer Zeit mal wieder an und erinnere sich, was diese ihr irgendwann, viele Jahre später, über sich erzählte:

Ihr größter Wunsch war es damals, Filmschauspielerin zu werden und in Babelsberg, den Filmstudios in Berlin, Filme zu drehen. Sie hatte sogar Schauspielunterricht, glaubte sie sich zu erinnern. Jedenfalls sah sie manchmal so große Stars wie *Zarah Leander* oder *Heinz Rühmann* ganz aus der Nähe, wie sie ihr begeistert mal viel später erzählte. Sie kam richtig ins Schwärmen, wenn sie davon sprach. Doch ihr Vater, der unbekannter Großvater, verbot ihr diesen unseriösen Broterwerb:

„Das ist doch kein Beruf – lerne lieber was Anständiges!"

Schauspielerin – etwas völlig unmoralisch in seinen Augen. Man müsse einen soliden Beruf erlernen, ließ er die Mutter wissen.

Vielleicht brachte ihn der Spruch aus grauer Vorzeit: *Kinder, nehmt die Wäsche von der Leine, die Schauspieler kommen* – zu dieser kleinkarierten Meinung.

Auch sie hatte irgendwann einmal davon gehört, doch nie davon erfahren, dass irgendein Schauspieler einem anständigen Bürger Wäsche von der Leine gestohlen hätte!

So was muss sich dann wohl schon Jahrzehnte vor ihrer Geburt ereignet haben. Heute hält man doch eher den Atem an, wenn man einer dieser Personen begegnet: einem bekannten Schauspieler!

Das war es jedenfalls, wovon sie damals träumte – die kleine Sekretärin Lisbeth - ein Star zu werden. Im Nachhinein verstand sie auch, wieso die Mutter immer mit tiefer Stimme das „R" so rollte. Sicher wollte sie auf die schauspielerische Dramatik ihrer Stimme, die mit der einer *Zarah Leander* zu vergleichen war, aufmerksam machen.

Ihr Lächeln noch so hoffnungsvoll, die Pose siegessicher, auf einem Hocker sitzend, die Beine frech übereinander geschlagen und ein kesses Hütchen auf dem Kopf - so sah man sie auf diesem Foto.

Doch so leicht siegt man nicht. Was blieb, war ein Kind und doch kein Kind – und eine Wahrheit, die sicher mit ihren Träumen von damals nicht das Geringste zu tun hatte. Ihr hätte es allerdings gefallen, sie auf der Leinwand bewundern zu können – als Tochter der großen *Lisbeth Müller* – oder sogar unter dem Künstlernamen *Lissy Miller*? . . .

Ein Sommertag . . .

Ein warmer Sommertag im August. Sie waren gerade in diese Gegend gezogen, der Junge von elf Jahren und seine Eltern.

Tommy langweilte sich, trödelte durch die ihm noch fremde Straße, die jetzt seine Straße sein würde, für ihn noch unvorstellbar. Vor ihm lagen irgendwann die Stufen zum U-Bahn-Schacht, die er gedankenverloren hinunter geht.

Da unten empfing ihn eine unangenehme Kühle. Beton, verschmutzte Kacheln, beschmierte Wände, es stinkt. Sicher hat dort nachts schon so mancher seine Notdurft verrichtet. Berauscht vom Besuch verräucherter Kneipen, ist der wankend sicher die Treppe hinunter gestiegen.

Tommy hört jetzt dumpfes Grollen von den in der Ferne fahrenden Zügen, Neonlampen geben ihr kaltes Licht ab. Er überlegt, ob er einfach ein bisschen mit der Bahn fahren soll, um damit die Langeweile zu vertreiben? Doch so richtig traut er sich nicht.

Plötzlich Lärm vor ihm. Drei randalierende junge Männer kommen aus der Tiefe des U-Bahn-Schachts, lange Haare, Lederkleidung, Ketten in den Händen. Er hat Angst. Doch sie beachten ihn nicht.

Ein Mann geht einige Meter vor ihnen, ihre Schritte werden schneller, sie treiben ihn mit unverständlichen Rufen in Richtung Tunnel am Ende des Bahnsteigs. Sein Abstand des Mannes zu den drei Randalierern wird immer geringer. Er ist sicher keiner von ihnen, hat mit denen nichts zu tun. Plötzlich ein Schrei, für den Bruchteil von Sekunden sieht Tommy sein angstverzerrtes Gesicht.

Da fällt er auch schon hin, stolpert über den Bahnsteig, seine Jacke, sein Hemd rutschen hoch – der erste Schlag einer Kette trifft seinen Rücken. Der Junge sieht, wie sein Hemd und die Haut aufplatzen, sieht das Blut, das aus der Wunde spritzt und hört das raue Lachen seiner Peiniger. Augenblicklich fühlt der Kleine nur noch diese Dumpfheit im Kopf, nimmt die folgenden Kettenhiebe, die den Körper des Mannes treffen, begleitet von seinen Schreien, wie durch einen Nebel wahr.

Irgendwann hört er nichts mehr, dreht sich nicht um. Spürt nur noch - wie in einem bösen Traum - den Schmerz des Mannes, als wäre es sein eigener Körper, den die Ketten getroffen hatten. Der Junge sieht nur die Treppe – hastet in die warme Mittagssonne, froh, dass man ihn nicht bemerkt hat da unten. Dann steht er draußen mit diesem schmerzenden Gefühl im Bauch.

Er war jetzt nicht mehr der kleine Tommy, der in diesen christlichen Kindergarten gegangen war.

Innerhalb weniger Minuten hatte er erfahren, dass nur seine kleine Welt heil war – sonst nichts. Lange noch trug er diese Bilder in sich, konnte nicht über sie sprechen, diese höllischen Bilder, die ihm viel zu früh menschliche Abgründe gezeigt hatten.

War das sein neuer Lebensraum? Hier sollte er jetzt zu Hause sein? Er erschrak, würde er hier Freunde finden? Seine Freunde waren alle im Kindergarten zurück geblieben. Er kannte sie, wie er glaubte, schon immer, und jetzt vermisste er sie.

Hier war alles ganz anders. Es gab später kleine Kämpfe mit Sintis - so alt wie er - und verwahrlosten Kindern, wobei nicht der Stärkere siegte, sondern der Brutalere.

Alles, was man ihm an Idealen vermittelt hatte - war plötzlich nicht mehr wichtig. Ethische Begriffe, wie Fairness, Ehrlichkeit und Mitleid waren seit diesem Tag nichts mehr wert. Doch das wusste er damals noch nicht.

Schon bald passte er sich dieser neuen Welt an, weil man ihm keine Wahl ließ, denn Kinder lernen schnell ...

Beim Zahnarzt

Leider musste Roswitha heute wieder zum Zahnarzt, denn sie hielt sich schließlich an zahnärztliche Abmachungen, auch wenn ihr der Gang dahin jedes Mal sehr schwer fiel. Außerdem tat ihr der untere, linke Backenzahn weh.

Bereits Tage vorher malte sie sich das Martyrium aus, was sie dort erwarten würde. Schon nachts wurde sie von diesem Szenario verfolgt – alles wanderte an ihr vorbei: der Bohrer, diverse kleine Gerätschaften, die berühmte und gefürchtete Spritze, Tupfer, Zangen sowie Spucknäpfe. Am liebsten würde sie alles in einen großen Ofen stecken und verbrennen. Aber wo gibt es heute noch so große Öfen?

Nun also war der Tag der Wahrheit gekommen. Roswitha machte sich nett zurecht und tupfte ihr Lieblingsparfum mit zitternder Hand hinter jedes Ohr in der Hoffnung, Dr. Sorge würde in dieser Duftwolke pfleglich und milde mit ihr umgehen.

Unterwegs kam ihr der Gedanke, dass es doch alle anderen Leute, die an ihr vorbei hasteten oder schlenderten, viel besser hätten als sie. Wie gern würde sie jetzt lieber einkaufen oder zur Arbeit gehen! Alles, alles andere war besser, als dieser Weg zum Zahnarzt!

Dann hatte sie ihr Ziel erreicht, klingelte bei Dr. Sorge – leider wurde ihr sofort geöffnet – und war in der Falle!

Die säuerlich lächelnde Sprechstundenhilfe bat sie, noch ein wenig im Wartezimmer auszuharren. Doch schon bald ertönte ihre schnarrende Stimme:

„Frau Meinel, sie können schon mal im Behandlungsraum Platz nehmen!"

Da saß sie nun, wie es ihr schien, stundenlang.

Über sich diese alles vernichtende Behandlungslampe, dazu die ganzen Utensilien aus ihrem Traum – hatte sie das Zeug also doch nicht verbrannt! Ach ja, es gab ja keinen so großen Ofen! Dann – endlich - der Lichtblick dieses Tages – allerdings nur rein optisch - Dr. Sorge betrat den Raum!

„Na, meine liebe Frau Meinel, wo fangen wir denn am besten an? Ach ja, ich sehe schon: Die linke Seite unten ist wohl dran. Da hätte ich einen Vorschlag. Wie wäre es, wenn mein Sohn diese Arbeit übernehmen würde? Es trüge Einiges zu seiner Ausbildung bei!"

Nun hört sich aber alles auf: Soll sie hier das Übungsmaterial abgeben? Und wenn der Junge nichts so richtig begriffen hat, und sie am Ende aussehen würde wie *Meister Lampes* Gattin? Dabei fand sie den Sorge doch immer so toll! Hatte er ihr sündiges Parfum gar nicht bemerkt?

„Nein, ich möchte, dass sie das machen, Herr Doktor!", kam es ziemlich energisch von ihren Lippen.

„Na ja, dann mach` ich es eben" räumte er leicht pikiert ein und ließ sich seufzend auf dem Hocker neben ihr nieder.

Das Lätzchen hatte man ihr bereits umgelegt.

„Oh, vielen Dank".

Er - versöhnlich:

„Ihr Wunsch ist mir Befehl, meine Liebe!"

Verhalten jubelnd kommt von Roswitha ein:

„Oh, dann komme ich öfter!"

Fast hatte sie ihre Angst vergessen. Flirtete er mit ihr?

Doch Dr. Sorge nimmt gleich die Korrektur vor:

„So war das nicht gemeint, nicht dass hier Gerüchte aufkommen".

Dabei zieht er die Augenbrauen hoch und sieht sie mahnend an.

„Nö, Herr Doktor, von meiner Seite jedenfalls nicht".

Leicht pikiert zieht sie die Mundwinkel `runter. Der hat wohl Angst vor seiner besseren Hälfte draußen am Empfang. Und die Arzthelferin? Ach, die schon gar nicht, sinniert Roswitha sich durch die Qual, die der Doktor ihr auf dem Behandlungsstuhl gerade zumutet. Doch es konnte alles nicht mehr lange dauern nach den Befehlen, die er seiner Assistentin erteilte:

„So, nun noch den Tupfer – dann haben Sie`s geschafft, liebe Frau Meinel. Aber sie wissen ja, nächste Woche gehen wir an die Kronen `ran, wenn wir uns über die Vorgehensweise einig sind".

„Ja-ha, nur wenn sie mir persönlich die Kronen verpassen, schließlich habe ich ja größtes Vertrauen zu ihnen, Dr. Sorge!"

„Na gut, ich werde es wieder tun, auch wenn ihr Wunsch mir nicht Befehl ist!"

Der Dackelblick Frau Meinels traf ihn. Doch sie lenkte sofort ab:

„Ja, dann werde ich mich noch um die Zuzahlung meiner Krankenkasse und die sonstigen Kosten kümmern. Keine einfache Sache für meinen Geldbeutel, Herr Doktor", traf ihn der viel sagende Blick seiner Patientin, den er völlig ignorierte.

Endlich konnte sie den Albtraum-Stuhl verlassen und beschwingt dem Behandlungsraum enteilen. Doch das Flüstern des Doktors ins Ohr seiner Hilfe hörte sie dennoch:

„Sehen sie zu, dass sie sich ihren Termin holt, sonst geht sie uns noch durch die Lappen!"

Wie? Man könnte ihm durch die „Lappen" gehen? Es ging ihm also nur um den schnöden Mammon? Sie hatte sowieso den Verdacht – da sie jetzt eigentlich fast wieder beschwerdefrei war – dass eine weitere „Reparatur" an ihren Zähnen noch nicht unbedingt nötig ist.
Roswitha ließ sich trotzdem einen Termin geben – über Weiteres würde sie zu Hause in Ruhe sinnieren – aber erst nachdem sie ihr neues Buch „Vorsicht, ihr Zahnarzt macht ihnen die Zähne kaputt" studiert hat . . .

Mein Messegast

Ja, nun hatte auch ich mir vorgenommen, einen „Messegast" in meine gute Stube zu lassen. Das heißt, er kann sich für paar Tage bei mir einmieten.

Denn das Geld kann ich schließlich auch gut gebrauchen. Hatte ich mir doch gerade ein neues, gebrauchtes Auto gekauft. Meine Freundin hatte mich auch dazu ermutigt und meinte, das sei wirklich eine gute Sache.

So habe ich nun in der Zeitung kurz nach Zimmervermittlern gesucht und bin schnell fündig geworden. Nach Rückfrage war mein Zimmer dann auch für den Herrn, der sich kurzfristig bei mir einmieten wollte - in Ordnung.

Nur die Kommentare von Bekannten, die diese Art der Zimmervermittlung aus ihrer Stadt überhaupt nicht kannten, musste ich dann einfach mal ignorieren. Die klangen dann in etwa so:

„Das würde ich an deiner Stelle nicht machen – du weißt ja gar nicht, was das für einer ist, der nachts in deinem Zimmer liegt! Nachher kommt er dir noch zu nahe, oder er lässt einfach was von deinen Sachen `mitgehen`" -

und noch vieles mehr, was da so ihrer blühenden Fantasie entsprang.

Ich habe nicht auf sie gehört, einfach abgeschaltet und mich dem Herrichten seines Zimmers gewidmet.

Am nächsten Abend stand er dann vor der Tür. Er war wirklich sehr freundlich – oder tat er nur so? Nein, ich denke nicht an das, was man mir so warnend prophezeit hatte. Er arbeitete bei einer bekannten, soliden Firma. Wir haben ein bisschen geredet, wobei er mir erzählte, dass er Frau und Kinder hätte.

Also, somit war er kein *Lustmolch* - wenn ich davon ausgehe, dass er ein ehrlicher Mensch ist. Und das tat ich.

Wir sind dann – nach einem nächtlichen Kaffee mit viel Sahne - auch bald ins Bett gegangen – er in seines und ich in meines. Sollte ich trotzdem die Tür lieber abschließen? Sollte ich das wirklich tun? Nein, ich denke lieber an gar nichts und kuschele mich in meine Bettdecke.

Aber warum schnarcht er nicht? Machen doch alle Männer! Ich war nun doch irgendwie beunruhigt. Konnte nicht unbedingt entspannt einschlafen und dachte nur darüber nach, warum er nicht schnarchen würde. So ein bisschen puckerte mein Herz dann doch.

Nun niest er auch noch ganz laut. Oh man, was habe ich mich erschrocken! Wieso läuft er denn jetzt im Zimmer `rum? Kommt er gleich aus der Tür, um meinen weniger wertvollen Schmuck zu entwenden? Mir ist irgendwie nicht ganz wohl da unter meiner Bettdecke. Konnte auch immer noch nicht einschlafen.

So, am besten wäre es, ich würde mich im nächtlichen Wahn auf die Lauer legen wie Sherlock Holmes – kann ja sowieso nicht schlafen. Aber was mache ich im Ernstfall? Gleich neben dem Schrank steht eine Blumenvase – was für ein Glück, die welken Tulpen hatte ich heute gerade entsorgt.

Ich stelle mich hinter die Tür, klemm` mir besagte Vase unter den Arm, wisch` mir den Schweiß von der Stirn, versuche ganz ruhig zu atmen. *Los, komm` schnell, dann haben wir es hinter uns* – habe ich still zu ihm gesagt. Nun knistert und knackt es da auch noch! Gleich geht die Tür auf, denke ich so bei mir – und ich liege vielleicht „überfallartig" in Kürze auf dem Boden.

Während ich wartete und wartete überlegte ich, dass ich noch gar kein Testament gemacht hatte – und den Kinder habe ich auch nichts vom Messegast erzählt! Die werden gar nicht wissen, wer der Täter ist, sollte ich die Augen nicht mehr aufmachen. Ich habe das Gefühlt, ewig hinter der Tür zu stehen.

Da – was ist das? Nun höre ich doch glatt sein entspanntes Schnarchen! Was hat er denn nun? Stand ich etwa ganz umsonst hinter dieser Tür? Ich gehe endlich ins Bett, sinniere vor mich hin - und bin auf einmal tief und fest eingeschlafen!

Punkt sieben Uhr wache ich auf und mache mit müdem Kopf das Frühstück für den lieben Messegast. Kurz darauf macht er freundlich die Küchentür auf, grinst und sagt:

„Guten Mooorgen – liebe Frau Müller – haben sie auch so gut geschlafen?" . . .

Herbstspaziergang

Elli sah aus dem Fenster - direkt in den blauen Himmel. Eigentlich verlockte das herbstliche Wetter heute zu einem kleinen Spaziergang, überlegte sie - doch nur ganz kurz – zog spontan ihre warme Jacke und die braunen Lieblingsschuhe an, lief durchs Treppenhaus und stand auf der Straße. Nach kurzer Überlegung wählte sie die Richtung zum nahen Wäldchen, lauschte entspannt der Musik aus ihrem MP3-Player und genoss einfach die frische Luft.

Doch nach einer Weile vernahm sie in der Ferne ein dumpfes Grollen, das sogar die Musik am Ohr übertönte. Die Luft war plötzlich stickig und Dunkelheit machte sich breit. Ein leichtes Frösteln überkam sie trotz der dicken Jacke.

Jetzt erschrak Elli, denn ein greller Blitz erhellte für Sekunden den nun grauen Himmel – ihm folgte ein bedrohliches, lautes Donnern. Sie bekam sogar ein bisschen Angst – hoffentlich würde sie nicht vom Blitz getroffen! Doch im gleichen Moment begann es zu regnen. Zum Glück hatte sie ihren Schirm eingesteckt, den sie jetzt aufspannte. Große Tropfen prasselten geräuschvoll auf ihn herunter, doch trotzdem überkam sie ein Gefühl von Erleichterung – denn: *Blitze schlagen nicht ein, wenn es regnet*, wusste sie aus ihrer Kindheit.

Die nächsten Minuten waren vom Schauspiel des Gewitters erfüllt. Zuckende Blitze, grollender Donner – alles umhüllt von kühlenden Regengüssen. Elli stand jetzt einfach nur unter ihrem Schirm - dieses Schauspiel der Natur betrachtend.

Für eine kleine Weile vergaß sie Zeit und Raum und begann zu träumen, sah sich als kleines Mädchen im warmen Sommerregen über Steine springen und ihre Füße in Pfützen baden, während Regentropfen vom Haar ins Gesicht rannen, sanft und weich ihre

Wangen streichelten. Sie sieht sich um. Es blitzte nicht mehr, das Grollen klang nur noch aus weiter Ferne, der Regen beendete sein Schauspiel mit jetzt leisem Trommeln auf ihren Schirm, es klang fast wie eine kleine Melodie. Elli atmete tief die frische, perlende Luft ein.

Auf den goldenen Blättern der Bäume lagen Regentropfen wie kleine, glitzernde Edelsteine. Über der Wiese vor ihr schwebte ein feiner Dunst, wie Nebel beim Sonnenaufgang. Langsam, ganz langsam kamen die Sonnenstrahlen wieder hervor, um dann den Tag erneut in diese strahlende Herbstsonne zu tauchen, als wäre es nie anders gewesen . . .

Die Bahnfahrt

Puh, gerade noch geschafft! Denn die nächste Bahn kommt ja erst in zehn Minuten. Und ich wollte doch pünktlich sein! Ein Sitzplatz wäre jetzt nicht schlecht – ich drehe mich um. Einige missmutige Gesichter sehen mir entgegen. Mir egal – ach, da ist ja noch ein Platz frei! Ich wusele mich durch die Steher – trotz genervter Blicke. Rums, da sitze ich. Die Dame neben mir rückt demonstrativ zur Seite.

Na, so rundlich bin ich ja nun auch nicht, dass mir der Sitz nicht ausreicht! Ich sehe mich um. Wie viele Leute doch ihr Handy unentwegt benutzen müssen, denn es wird ständig fleißig gesimst, auf's Display gegrinst und telefoniert:

„Hast du morgen Zeit – ne – ach, schade! Jahaa, ich habe dran gedacht. Wer? Ne, den kenne ich nicht – bring` den bloß nicht mit – tschüs!"

Ich hätte ja gern gewusst, wer wen nicht mitbringen soll – und warum denn nicht? Werde ich wohl nie erfahren.

Der Mann mir gegenüber wischt sich den Schweiß von der Stirn. So heiß ist es doch heute gar nicht. Was bringt ihn so zum Schwitzen? Vielleicht der Gedanke daran, dass sein Chef wieder schlechte Laune haben könnte? Auch das soll mir egal sein.

Beim nächsten Halt steigen einige Grundschüler laut schnatternd ein.

„Thomas, kommst'e nachher mit zum Bolzplatz?"

„Nö, muss mit meiner Mutter zu Oma, die hat Geburtstag!"

„Gut, gehe ich eben mit Sven hin".

„Mach` doch!"

Ich sehe aus dem Fenster – hoppla, da wäre der Golf doch fast dem Mercedes in die Seite gefahren. Doch lautes Hupen hielt ihn davon ab.

Die Dame neben mir wuselt sich nun durch die Fahrgäste, nachdem ich sie vorher höflich an meinen Knien vorbei gleiten ließ. Und schon war sie in der Menge verschwunden. Jetzt habe auch ich gleich mein Ziel erreicht – der Ausstieg gelang problemlos – und draußen steht auch Elli schon, grinst, hakt mich unter – und erklärt mir, wie unsere Shopping-Tour verlaufen soll.

„Aber erst gehen wir einen Kaffee trinken, komm` ich lad` dich ein!"

Und dann sind auch wir in der Menge verschwunden . . .

Täuben *("Warten" von S. 39 - nun auf platt)*

Watt ropt se denn nu nich an? Se het em dat doch fest versproken, un het secht:

„. . . denn snackt wi mol öfer - di un mi"

Jo - dat het se secht! Se het em dat ganz fest versproken! Nu linst he all de ganze Tied op dat verdammichte Telefon – doch dat blifft stumm! So`n Schiet! Siene groten Schritt dörch de ganze Wohnung mokt em sölbens all wuschig.

He het jo sowieso noch wat ton inkeupen. Un wenn se nu in düssen Moment anropen deit? Ach wat, so wichtich is dat ja nun ok nicht, wat he dor noch keupen mut: Bodder, Brod un beten Salot.

Jo, nu is he ganz sicher: Denn mut he sick wohl ok noch mol so`n Ding keupen – he - as militanten Handyfeind, dormit he jümmers for ehr to errieken is - he mut dat moken, anners geiht dat nich!! - oak, wenn em de annere Lüd överall mit de verschiedene Bimmelei fas umbringen deihn. He mut dat nu gau mol moken!

Ober so`n scheun Pott Kaff kann he nu oak mol bruken. Mit forschen Schritt un beten to schrill is he nu an *La Paloma* fleiten, geiht in de Keuk un mokt sik dor to schaffen. De Kaffmaschien brodelt nu for sick hin.

Oh, wer dor nich grode een Bimmeln? Jo – ober bloß anne Dör. He mokt de Dör op – Herr Brösel von siene Etage steiht dor buten. Ob he nich beten Tucker vor sien Tee het? De het wohl keen annere Probleme! Süt he nich, dat he an Täuwen op ehrn Anrop is? Gau gift he em den Zucker, dormit de em nich noch in Schnack opholen deit.

Ober över den Krach von nülich von dat junge Poor över em – un dat de Krause wedder mol de Trepp nich wischt het, doröver mut de annere doch noch gau schnacken. Wer is dat denn – Fru Krause. De ut den ersten Stock mit den lütten Dackel – oder de ut den tweten, de jümmers achter de Gardin steiht – egol. Puh, endlich is siene Dör wedder to. Un nu is sin Kaff al bitter. Dor – dat Telefon!

„Jo, hallo? - neeiin, ich möchte keine Tageszeitung abonnieren!" Son Bleudsinn.

Musik, jo – de künnt em nu beten helpen. Ok dat noch – se speelt ehr Lied! He linst nu ganz trurig för sick hin. Wehr dat dormols een Obend! Se hebt de halfe Nacht danzt in de lütte Bor bei dat Schummerlicht. Un he het murmelt:

„Miene lütte Mus, dat Lied schall nu jümmers unser Lied sien!"

He denkt an ehre lütte Stupsnoos – de Haarlock, de sick over ehr Gesich kringeln deit, ehr seutet Grinsen – dat wehr toveel! Nu mokt he gau dat Rodio ut - un den Farnkieker an.

Denn mokt he sick dat in den Sessel gemeutlich, wippt mit sien Feut un kiekt op den Bildschirm – wat över Oberbayern lopt dor.

Siene Gedanken lopen jümmers un jümmers in Kreis – het se em vergehten? Schall he se viellich anropen? Ne, se het em doch een Anrop versproken! Wat denkt se denn, wenn he dat moken deit? Ne - wenn – dann ropt he se morgen an.

Het ehr nich nülich de Typ ob dat Sommerfest scheune Ogen mokt? Kennt se em viellich ar `ne längere Tied? Dat seh so ut. Wull de sick nich mol bi ehr meldn?

Se mut doch nu all lang to Huus sien! Glöwt se dat denn oak sölbens, wenn se secht, dat he ehr veel bedüten deiht?

Un worüm ropt se denn nich an? Klock negen! Het de Typ se viellicht von ehrn Job afholt? Jo, se mut dat sölbens weten. Mit em kann se op jeden Fall nich speelen! Dat secht he ehr glicks, wenn se anropen deiht – Klock tein! Worüm mokt se dat denn nu nich?

Oh, in Fernkieken lopt nu all wat anneres: Dischlerarbeiten in Mittelalter. Dat het he jo gornich mitkregen! Ober son Thema is em jo nu oak egol. Wat mokt se bloß mit em! Dor – dat Ding bimmelt allwedder. He rast to'n Hörer.

„Modder, wat ropst du denn nu an? - Jo, ick komm morgen vorbie – jo, de Rundstücke bring ick mit, tschüs!"

He is total fartich mit de Welt. De Obend is lopen. Dor – nu bimmelt dat allwedder! Schnell 'ne Zigrett.

„Hallo, ach, duuu büst dat? Ick bün och grode zu Huus – wat geiht di dat denn so? An dien Anrop heff ick hüt Obend jo nu gornich dacht! Ober dat freit me, dat du hüt an mi denken deist, mien lütte Muus!"...

Weihnachtsmarkt

*W*ie schnell doch ein Jahr vergeht! Schon steht das Weihnachtsfest wieder vor der Tür – ohne zu klingeln - weil wir ja alle wissen, wer da steht. Denn es hatte sich ja schon im August bei 30 ° bemerkbar gemacht, als ich – wie immer mit Erstaunen - die Lebkuchen und noch mehr der weihnachtlichen Dinge – in den Supermärkten sah. So konnte ich mich schon über Monate damit vertraut machen, dass es auch diesmal nicht ausfallen würde. Und als es dann endlich soweit war, ging auch ich - wie so oft - mit meiner Freundin Marita über den Weihnachtsmarkt. Denn es hatte sich leider niemand gefunden, der mir diesen Freundschaftsdienst abnahm. Da ihr jährlicher Kommentar:

„Wenn ich nicht über diesen Markt gehe, ist es für mich kein Weihnachtsfest!" mich überzeugte, sie begleiten zu müssen.

So gingen wir also los in dicken Stiefeln und unförmigen Winterjacken. Es hatte schon ein bisschen geschneit und roch nach Glühwein an den diversen Buden. Endlose Lebkuchenherzen, mit den üblichen Sprüchen über Liebe und Treue, baumelten uns vor der Nase, wenn wir an einem der Stände stehen blieben. Und das taten wir so hin und wieder, weil Marita dem Glühweinduft nicht widerstehen konnte.
Es wurde dann doch ein ganz lustiger Nachmittag, obwohl ich ja zuerst nicht besonders geneigt war, ihre Begleitung dorthin zu sein.
Die vielen Lichterketten verbreiteten ein warmes Licht, so dass man die Kälte nicht spürte. Um uns war Trubel, Weihnachtslieder erklangen und Kinder hüpften mit ihren Eltern – und auch Oma war da ganz nützlich - an uns vorbei.

„Oma, den Weihnachtsmann möchte ich so gerne haben – kaufst du mir den?"

Na klar, kaufte Oma den. Und fröhlich hüpfte der kleine Mann davon.

Auch wir machten dann Halt an einem Büdchen, um einen *Berliner* mit einer Tasse Kaffee zu genießen – und endlich, nach zwei Stunden – zu sitzen. So konnte man das Treiben rundum gut beobachten.

Ja, der Weihnachtsmarktbesuch musste einfach sein, denn wie hätten wir sonst in die richtige Stimmung kommen sollen? Und die hatten wir jetzt und nahmen sie ganz entspannt mit nach Hause, hielten sie fest, um mit ihr die Weihnachtseinkäufe am nächsten Tag zu tätigen. Das war dann erst der wahre Stress.

Wieso hatte Marita mir eigentlich immer erzählt, sie hätte das Singen im Chor zu ihrem Hobby erklärt? Kein Wort stimmte davon – denn ihr Hobby war das „Shoppen!"

Wie habe ich dabei vor den vielen Umkleidekabinen gelitten, während ich ihr immer sagte, wie toll ich den Gegenstand ihrer Kauflust finde – nur, damit sie diese Prozedur endlich beendet.

Denn jetzt sehnte ich mich doch tatsächlich zurück nach einem kleinen Glühwein auf dem Weihnachtsmarkt . . .

Unsichtbar

Und dann noch die Sache mit der „Unsichtbarkeit" - unsichtbar deshalb, weil man ein gewisses Alter erreicht hat, das gerade – oder schon seit längerem – nicht mehr *in* ist. Und es ereilt uns alle, auch jene, die meinen, über diejenigen, die es bereits erreicht haben, überlegen lächeln zu müssen.
Es soll trösten, dass man auch eines Tages über sie lächeln wird. Aber, dass dies zu einem festen Begriff - fast wie ein Doktor-Titel „*55plus*" - geworden ist, schockiert schon ziemlich. Gibt es da keine Unterschiede? Kommt es nicht auf den Menschen an? Es gibt Leute, die gehen mit 55plus noch als 43plus durch – aber auch jene, welche man mit 40 unter 55plus laufen lassen könnte, oder?
Wieso eigentlich 55plus? Ich habe noch nie von 75plus oder 45plus gehört. Völlig unlogisch – denn wenn schon differenziert werden soll, dann doch wohl in Bezug auf die Rente – und da könnte man – bis zur nächsten Korrektur – 65plus als festen Begriff nutzen, um den Leuten klar machen, dass es doch tatsächlich auch etwas ältere Leute gibt.
Ich gehöre ja nun auch schon so langsam zur „Unsichtbarkeit" - oder habe ich sie schon direkt erreicht? Ach was, sind doch immer erst mal die Anderen dran!

„Was, schon ab 55plus unsichtbar?"

Fragte mich neulich eine Freundin entsetzt, als wir irgendwie auf dieses Thema kamen. Das war natürlich beim Durchblättern eines Modekatalogs. Ja, leider stellten dann auch wir widerwillig und einvernehmlich fest, dass zum Beispiel ein ärmelloses Kleid nicht unbedingt mehr getragen werden sollte, wenn`s irgendwie *drauf ankommt*. So ein Kleid kann einem den halben Tag verderben, da uns dann der Anblick unserer schlackernden Oberarme erst wirklich bewusst wird.

Beim begeisterten Winken in die Richtung von Freunden oder so – könnte vermutet werden, wir hätten unterhalb unseres Oberarms einen kleinen Engelsflügel montiert – der dann auch fröhlich mit winkt!

Neulich erhielt ich diesen Flyer mit dem Aufruf an alle Frauen, die als „55plus – gleich unsichtbar" bezeichnet werden, sich dagegen zu wehren - in der Hand und fühlte mich überhaupt nicht angesprochen! Gut, 55plus – lässt sich nicht vermeiden – aber auch gleichzeitig unsichtbar? Man sollte das jetzt doch wirklich mal aufmerksam verfolgen.

Später las ich in meiner Tageszeitung:

Donnerstag, 20 Uhr, Lesung von Emilia Eckstein aus ihrem neuen Buch: „Die Hoffnungsvolle" *im kleinen Cafe`* „Wiener Charme" *in der Innenstadt.*

Gut, da konnte ich doch wirklich mal hingehen, Peter würde sicher lieber um 20 Uhr 15 die Taste am Fernseher bedienen. Peter, mein lieber Gatte und sogar schon etwas länger als – vielleicht - ich *55plus.*

Ein Anruf bei Anna – schon musste ich das nicht allein tun – diese Lesung besuchen. Wir trafen uns gegen 19 Uhr am Eingang des Cafès. Ein ziemlich junges Publikum hatte sich bereits eingefunden. Man beachtete uns nicht weiter, und so suchten wir uns ein Tischchen, an dem bereits zwei junge Frauen saßen.

„Dürfen wir?" – dabei lächelte Anna einer der Frauen zu.

„Ja, ja", wurde gleichgültig geantwortet, sich dann aber sofort wieder abgewandt.

Der Abend war dann soweit ganz nett, auch wenn wir beide nicht

weiter beachtet wurden. Ein Buch haben wir allerdings nicht gekauft. Dafür liegen zu viel ungelesene Bücher bei uns herum.
Doch war meine letzte Lektüre sehr aufschlussreich. Denn es gab
da auch ein Kapitel zum Thema Alter! Und zwar wurde dem Leser bewusst gemacht, dass es einem nie gelingen wird, mal kurzfristig sein eigenes Alter und das der anderen zu vergessen.

Wird über jemanden in den Medien berichtet – steht hinter dem
Namen – nein – nicht ob dick, dünn, blond oder brünett, verheiratet oder ledig – nein – da steht in Klammern stets die - ach so
wichtige - Altersangabe. Warum?

Meist ergibt sich doch aus dem Text, ob es sich um Kind, ältere
Person, Teenie oder was auch immer, handelt. Haben Sie das
schon mal bewusst realisiert? Sollte man vielleicht gleich an sein
eigenes Alter erinnert werden?

Nein, das können Sie doch gar nicht vergessen, dafür wird ge-
sorgt, denn schließlich wird alles daran fest gemacht. Bei der
Arbeitssuche, Mode, TV-Programm, Verträgen, Kredite, und so
weiter, das ist sicher jedem bekannt. Ja, sogar das Blutspenden
wird auf die Lebensjahre reduziert. Ist nicht die Qualität des Blu-
tes ausschlaggebend?

Am besten wäre es, wir würden uns ein Schild mit dem entspre-
chenden Geburtsjahr auf die Jacke oder so – heften. Dann gäbe
es sicher keine Fragen mehr – vielleicht nur ein vielsagendes
Grinsen. Der Nachteil wäre allerdings, dass Sie nicht weiterhin
versuchen können, Ihr Alter mal kurzfristig zu vergessen . . .

Ungebetener Gast

Ja, und dann war da noch die kleine Geschichte von Marita. Ich war zur Geburtstagsfeier meiner Freundin Tamara eingeladen. Doch Marita leider nicht, obwohl sie sich auch kennen. Aber Tamara kann nun mal nicht so gut mit Marita.

Trotzdem erzählte ich ihr so nebenbei davon, und sie wollte genau wissen, wann und wo die Feier stattfindet. Bereitwillig gab ich Auskunft, ohne mir was dabei zu denken.

Es war ein sonniger Samstag, als ich mich mit meinem Geschenk auf den Weg zu Tamaras Geburtstags-Brunch machte. Die anderen Gäste waren bereits anwesend, und wir begannen uns nun so langsam am Buffet mit leckeren Speisen zu versorgen – unter viel Geschnatter und Gelächter.

Als wir danach gerade gemütlich am gedeckten Tisch saßen, klingelte es. Fragend sah Tamara in die Runde:

„Wer ist das denn – es sind doch alle da?"

Wir wussten es auch nicht. Tamara bediente die Gegensprechanlage und kuckte ziemlich erstaunt:

„Wer? Frau Liebe – ja ist gut."

Sie drückte auf`s Knöpfchen und meinte dann zu uns:

„Was will denn die Frau von unserem Handwerker aus der Firma von mir, die kenne ich doch gar nicht weiter!"

Ja, man ahnt es, wer diese Frau Liebe war: natürlich Frau Albrecht – unsere Marita! Und schon stand sie oben vor der Tür – mit ihrem üblichen Blümchentöpfchen – grinsend wie das längst allen bekannte *Honigkuchenpferd*!

Tja, was sollte Tamara tun? Sie bat den ungebetenen Gast mit rollenden Augen erst mal herein.

„Wie kommst du denn auf Frau Liebe - Marita?"

„Du hast doch neulich mal von Eurem Handwerker erzählt, und auch, dass er verheiratet ist – da dachte mir – so aus Spaß... du hättest mich ja sonst sowieso nicht eingeladen," grinste sie triumphierend.

Tamara sparte sich eine Antwort – was sollte sie auch sagen? Egal was, es wäre irgendwie peinlich.

„Gut, bedien` dich, und dann setz` dich erst mal hin. Kaffee kommt gleich!"

Marita machte vorab ihre Begrüßungsrunde, hatte für jeden einen kleine Spruch, und war der Ansicht, dass alle Welt sich nun über ihren Besuch freut. Ja, und dann wurde erst mal etwas verhalten über ihre „zündende Idee" diskutiert - wenn das die arme, echte Frau Liebe wüsste!

Und somit riss Marita mal wieder die ganze Aufmerksamkeit auf sich – wie sie es brauchte - mit ihren langweiligen Erzählungen über Nachbarn, und was sie sonst noch so an Banalitäten erlebt hatte. Tamara war ziemlich still.

Bald wurde die Stimmung lockerer – nach dem Genuss einiger Gläschen Wein – wobei das von Marita immer am schnellsten geleert wurde. Schon waren ihre Erzählungen von albernem Gekicher begleitet – und auch nicht mehr so ganz verständlich. Ich bereute zutiefst, mich verplappert zu haben. Da wir immer desinteressierter an ihrem Geplapper wurden, beschloss sie plötzlich:

„So, ich muss jetzt leider gehen, Walter wartet sicher schon auf mich – ich hatte ihm für heute Bratkartoffeln versprochen – und hier ist ja sowieso nichts mehr los!"

Wir sagten nichts – hofften einfach nur, dass sie ihr Versprechen wahr machte – und endlich ging. Das tat sie dann auch, nahm leicht schwankend Hut Jacke von der Garderobe, lächelte säuerlich und winkte in die Runde:

"Gut, dann noch einen schönen Abend Leute – ich werde wohl im nächsten Jahr nicht zu deinem Geburtstag kommen, Tamara – kannst ganz beruhigt sein!"

Damit schwebte sie etwas pikiert und leicht „ondulierten" Ganges zur Wohnungstür. Wir hielten sie nicht auf, denn endlich - endlich konnten wir unsere geplante lustige Geburtstagsfeier starten . . .

Politische Begegnung

Ja, auch unser kleiner Stadtteil wurde mal von der großen Politik aufgesucht. Treffpunkt war der Platz vor dem Postamt.
Eine Ministerin wollte wohl ein bisschen kurz vor den Wahlen auf „Stimmenfang" gehen – ihr Argument war das Bestreben nach „Bürgernähe". Wir – Marita und ich - sahen das Plakat wenige Tage vor dem Termin an unserem Lieblingsbaum hängen.

„Was ist, wollen wir uns die mal ansehen?"

Ermunterte mich Marita. Irgendwie war ich ja auch ein bisschen neugierig.

„Gut, ruf` mich an, wenn du losgehst – dann treffen wir uns vor Ort – vergiss' deine Brille nicht, damit du sie auch richtig erkennst – und wenn du Fragen an sie haben solltest, schreib` sie dir vorher auf!"

„Ha, ha – belügen kann ich mich auch allein", kicherte sie.

Nun standen wir am betreffenden Tag vor dem Postamt. Aber noch war es nicht so weit, Majestät ließ ein wenig auf sich warten. Doch dann fuhr die bewachte Limousine endlich vor – und Madame stieg aus, sah sich suchend um. Sie hatte wohl mehr Fans erwartet. Aber man konnte sie locker an zweieinhalb Händen abzählen. Gleich mal vorweg: Es wurden auch nicht mehr.
Wir hielten uns noch ein wenig abseits – verweilten gleich neben einer Parkbank, auf der ein Herr mittleren Alters saß – in einer Zeitung blätternd. Er lächelte uns an, und wir erkundigten uns, warum er sich nicht zur Begrüßung des Regierungsmitglieds auf der anderen Straßenseite befand?

„Hören sie bloß auf – die hat mir gerade noch gefehlt, da kann sie lange warten – ich will ihr mein *Ausflippen* ersparen, wenn ich ihr sage, was ich wirklich von der ganzen Politik halte!"

Er informierte uns ausführlich über den Grund seines politischen Unmuts – dem wir voll zustimmten. Aber unsere weibliche Neugier trieb uns dann trotzdem in die Nähe der bewachten Ministerin. Doch da sprach uns auch schon die zuständige Fraktionsvorsitzende an, die sich natürlich ebenfalls eingefunden hatte.

Wir kamen direkt mit ihr ins Plaudern – so von Frau zu Frauen! Man kann sagen, sie war recht nett, sprach sogar über ihre Familie, ihren Tagesablauf – bis sie uns das ehrenvolle Angebot machte, uns der Ministerin persönlich vorzustellen! Maritas Lippen umspielte jetzt ein leicht entrücktes Lächeln:

„Jaahh, ehrlich – meinen sie wirklich?"

Mein entrücktes Lächeln war gerade im Urlaub. Es hatte sein ironisches zur Vertretung geschickt:

„Also, mit mir brauchen sie da nicht rechnen," konnte ich nur murmeln.

„Aber wieso denn nicht, sie brauchen doch nur sagen - *Guten Tag Frau Ministerin, ich freue mich, dass sie da sind.*"

„Wie bitte? Tut mir leid, aber das könnte ich nie sagen, weil es nicht stimmt, denn ich kann mich nicht über jemandem freuen, mit dessen Politik ich nicht einverstanden bin!"

Sie kuckte etwas irritiert, hat sich dann aber der Stimme enthalten und dafür ein bisschen über unser und ihr Privates mit uns geplaudert. Somit hatten wir einen ganz netten Nachmittag. Später gesellten wir uns - Marita und ich - noch auf die Bank zu dem nörgelnden Herrn, der dem *Staatsbesuch* dann doch lieber fern geblieben war - und entschlossen uns gemeinsam noch einen Cappuccino am Marktplatz im Eiscafè zu trinken, um nun zusammen die politische Lage zu *benörgeln*.

Es wurden dann doch so drei Stündchen, die wir da gemeinsam in der Sonne verbrachten. Der Cappuccino wurde durch einige Gläser Wein ersetzt - mit dem Ergebnis, dass Marita – wenn mich nicht alles täuscht – mal wieder *ihren Traummann* - diesmal in dem Nörgler - gefunden hat. Denn beim Blick in ihre Augen hatte er plötzlich das Nörgeln total vergessen! . . .

* * *